An Kuhl
Hanne Kulessa

Z-Books

Viele schöne Worte beginnen mit *Z*: Zweisamkeit, zusammen, Zwitter, zugehörig... und so gibt es unsere gedruckten Bücher nur noch. Für Sie bedeutet das doppeltes Lesevergnügen – gedruckt und elektronisch, egal welche Ausgabe Sie zuerst kaufen. Das geht ganz einfach: Rufen Sie bitte unseren E-Book-Shop auf

https://chsbooks.e-bookshelf.de/voucher/add

und geben den folgenden Gutschein-Code ein, voilà!

CHS-MC5Y52KNJT-AD

An Kuhl
Hanne Kulessa

CH. SCHRŒR — Roman

Von Rot zu Grün stirbt alles Gelb
Du rouge au vert tout le jaune se meurt

Guillaume Apollinaire, *Die Fenster/Les Fenêtres*

Er sagte Zigeunerin zu mir, und ich sagte zu ihm, bist du ein Idiot oder was, Zigeuner gibt es schon lange nicht mehr, das weiß doch jeder, und wie kommst du überhaupt darauf –
Er sah ziemlich jenseitig aus –

Es war immer ziemlich voll in der Kneipe, und ich rannte von den Tischen zur Theke, von der Theke zu den Tischen, um die Gäste zu bedienen, manche hielten mich fest, versuchten, mich an sich heranzuziehen, eindeutig, was sie wollten –

Der Laden brummte, seit ich da war, das sagten alle, auch der Chef.
　Die Frau vom Chef, die die Küche machte, schaute manchmal durch die Durchreiche. Sie beäugte mich, vor allem ihren Mann. Aber dem Chef war das Geschäft wichtig, nichts sonst. Nur einmal –

Dieser Junge an der Theke, der Jenseitige, kam oft, mal alleine, mal mit einem Freund. Dieser Freund hatte auch so einen Blick. Wenn er dabei war, starrten sie mich beide an. Wenn sie vor lauter Starren vergaßen, ihr Bier zu trinken, gab der Chef mir ein Zeichen –

In die Kneipe kamen fast nur Studenten. Ich hatte den Jenseitigen gefragt, was er studiert, darauf hatte er mit den

Schultern gezuckt und ein langes Phhh ausgestoßen. »Ich schreibe«, sagte er, »ich schreibe Gedichte. Hauptsächlich« –

Ein Dichter, dachte ich. So sieht ein Dichter aus. So sieht doch kein Dichter aus. Dieser Junge –

Wie heißt du?
Kuhl.
Cool?
Nein. Kuhl.
Vorname?
Gibt es nicht.
Jeder hat einen Vornamen.
Meiner ist verloren gegangen.
Ach so. Voll cool.
Ja.
Okay. Kuhl.

Kuhl war überhaupt nicht cool. Kuhl war ein Haufen Hundescheiße, in den ich getreten bin, zu spät gemerkt; hatte den Dreck längst durchs Treppenhaus getragen und im Zimmer verteilt. Bis ich endlich draufkam. Es stinkt bestialisch nach Hundescheiße!, habe ich geschrien, aber das konnte er nicht hören. Er war nicht da.

Vielleicht war es auch umgekehrt. Vielleicht war ICH der Haufen Hundescheiße. In den DU getreten bist, Kuhl. Und du wirst den Gestank nicht mehr los. MariaMariaMaria. Das sollst du herunterbeten, bis dir die Luft ausgeht. Es soll das Letzte sein, was du denkst, was du sprichst, was du riechst.

Ich hatte dir gestern einen Brief geschrieben. Ja, einen Brief, einen echten Brief.

Und stehe mit dem Brief auf der Post, um eine Briefmarke zu kaufen. Der Postmann, ein aufgeschwemmter Mittvierziger oder noch älter, guckt mich an wie ein geschlagener Hund. Ich kenne solche Typen, im nächsten Moment läuft ihnen der Sabber aus dem Maul, aber der Postmann war anders. Er streckte die Zunge heraus und legte die Briefmarke darauf. Er rieb sie mit seinem dicken Zeigefinger hin und her, zog sie dann herunter und klebte sie auf meinen Brief. Er nahm den Umschlag vom Tisch und wollte ihn in den Postsack hinter sich werfen, aber da war ich schneller. Ich schnappte den Brief, bezahlte und rannte hinaus. Vor der Tür des Postamtes zerriss ich den mit der Spucke des Postlers frankierten Brief.

Als ich die Papierschnipsel in den nächsten Abfalleimer flattern ließ, dachte ich, es ist besser so. Kein Brief an Kuhl. Aber aufschreiben muss ich es trotzdem. Das Gestern und das Heute.

Peer drängt mich. Er will endlich den großen Coup landen. Manchmal denke ich, er hat sich nur an mich herangemacht, weil ich in der Bank arbeite. Strategie. Zukunftsinvestition. Er kommt fast jeden Abend, und fast jeden Abend will ich Schluss machen. Er liegt auf der Couch und guckt Fernsehen. Ich lese. Ich kann nicht allein sein. Er riecht nach Öl und Gummi. Manchmal falle ich, kaum dass er die Wohnung betreten hat, über ihn her. So wie er ist, mit all diesem Dreck, Schweiß und Werkstattgeruch. Das ist das Beste. So stinkend ins Bett. Hinterher ist mir übel.

»Die kann jeden haben«, hat meine Mutter zu ihren Liebhabern gesagt, »die braucht nicht so einen wie dich.« Ihre Männer wollten mich anfassen, mich auf den Schoß nehmen, mich drücken, mich küssen.

Um meine Mutter zu ärgern, habe ich gesagt: »Warum soll ich mich nicht von ihnen in den Arm nehmen lassen. Ist nicht irgendeiner von denen mein Vater?« Das Wort Vater durfte ich nicht aussprechen. Das hatte sie mir verboten, einmal bei einem Streit. Niewiederniewiederniewieder. »Du hast keinen Vater, basta.«

Kuhl, das hat dir gefallen. Du hast mich eine ganze Nacht nach meiner Mutter, nach meinem Vater ausgefragt. Du wolltest von mir immer Geschichten hören. Und hast dir Notizen gemacht, halt, nicht so schnell, das muss ich mir merken. Streunerin. Zigeunerin. Trebegängerin. Kuhl, du wusstest so viele altmodische Wörter.

Wenn Peer anfängt, von seinem supersicheren Coup zu sprechen, bekomme ich Angst. Vor mir selbst. Ich will nicht seine Komplizin bei einem Bankraub sein. Und wenn der noch so leicht und sicher ist. Natürlich habe ich Hass auf diese Abzocker, natürlich würde ich gerne mehr Geld haben, aber ich will es nicht mit Peer. Ich will Peer überhaupt nicht mehr. Aber ich brauche ihn.

Mitte dreißig ist uralt. Es ist alles gelaufen. Keine Familie, keine Kinder, ich kann froh sein, dass Peer mich will. Vielleicht lässt er mich fallen, wenn er seinen supersicheren Coup gelandet hat, vielleicht nimmt er sich dann eine Jüngere. Wenn ich ihn samstags im Fahrradladen besuche, stehen sie Schlange bei ihm. Was ist, wenn er das große Geld hat und keine Fahrräder mehr verkauft? Ich will nicht seine Komplizin sein. Er verspricht mir viel. Ich glaube ihm nicht. Aber ich kann nicht seine Telefone kontrollieren, er würde mich kaputtschlagen, wenn er merkte, dass ich in seinen Sachen herumwühle.

Ich hätte den Brief an Kuhl nicht zerreißen sollen. Was geht mich der Speichel dieses perversen Fettwanstes an. Und dir wäre es egal gewesen. Zumindest, ob die Briefmarke so oder so draufgeklebt ist. Dass ein Postler Briefmarken ableckt!.

Ein Junkie oder ein Wichser.

Es wären nur zwei Stunden mit der Bahn zu dir. Ich zu dir oder du zu mir. Und wenn ich mich in den Zug setzte. Hinführe. Es darauf ankommen ließe. Ich fahre zu meiner Mutter, könnte ich zu Peer sagen.

Ich müsste sowieso mal zu ihr fahren, war lange nicht mehr dort. Mit siebzig dement. Dabei konnte sie sich schon mit fünfzig an nichts mehr erinnern. Hat sie behauptet. Sie hat sich in die Demenz hineinbehauptet. Nur nicht reden. Keine Vergangenheit. Niewiederniewieder. Sie muss doch wissen, mit wem sie gefickt hat. Ich weiß jeden, auch wenn er nicht gut war, gerade wenn er nicht gut war, und selbst wenn ich ihn am liebsten vergessen, ja, ihn aus meinem Gedächtnis gelöscht hätte. Diese Typen kannst du nicht löschen, sie bleiben drin, mit all ihren Widerwärtigkeiten. Vielleicht hat sie an Gruppensex-Orgien teilgenommen. Komisch, danach habe ich sie nie gefragt. Vielleicht haben sich die Spermien vermischt, vielleicht gibt es das. Dann muss ich mich auf die Suche nach zwei oder drei Vätern machen. Möglicherweise ist das sogar einfacher, als einen zu finden.

Peer interessiert sich nicht für meine Geschichte. Sie würde ihn nur interessieren, wenn unter den potenziellen Vätern ein Millionär ausfindig zu machen wäre.

Nicht einmal zwei Stunden Bahnfahrt. Aber zehn Jahre entfernt. Nein, fünf Jahre, wir haben uns, erinnerst du dich, Kuhl, zufällig getroffen. In München auf der Leopold sind wir aufeinander zugelaufen, als wären wir verabredet. Wir waren nicht überrascht über die Begegnung. Du hast den Arm um mich gelegt und mich in den Englischen Garten geführt. Genau dorthin wollte ich, den Weg hatte ich auf meinem Stadtplan markiert.

Ich war das erste Mal in München, eine Reise, die ich mir nach der Bankausbildung geleistet hatte. Als ich dir von der Banklehre erzählte, die vom Arbeitsamt finanziert worden war, hast du laut gelacht. Meine Zigeunerin, sagtest du, arbeitet auf der Bank. Da hat doch jemand den Bock zum Gärtner gemacht. Du wirst die Bank ausrauben, Maria. Früher oder später.

Kuhl, solche Sachen hast du zu mir gesagt, du romantischer Idiot. Ich liebe dich, sagtest du, ich kann dich nicht vergessen, sagtest du. Ich werde dich nie vergessen, ich werde dich immer lieben. Das kannst du nachlesen in meinen Gedichten. Kommkommkomm, Maria. Du hast mich an dich gezogen und mir die Luft genommen mit deiner Umarmung.

Wir sind in mein Hotel gegangen, atemlos. Wir sind eins, Maria, das ist so, das bleibt so, daran wird sich nie etwas ändern. Alles in mir explodierte. Als wir dalagen, jeder für sich, und ich die Augen öffnete, dachte ich, bin ich blöd oder was. Du hast jeden Zentimeter meiner Nacktheit geküsst und, als du in den kleinen Zeh gebissen hast und ich au! geschrien habe, sagtest du: »Maria ich gehe, ich muss dich vergessen. Es geht nicht, es geht alles nicht.«

Du bist gegangen, Kuhl. So war es in München vor fünf Jahren, so war es nach der kurzen langen Zeit in Freiburg. Einfach weg. In Luft aufgelöst.

Du hast immer aufmerksam zugehört, wenn ich etwas zu deinen Gedichten gesagt habe. Manchmal hast du mich erstaunt angeguckt. Du hast recht. Das korrigiere ich. In diesem Erstaunen lag auch ein Funken Verachtung. Was weiß diese Kröte von Gedichten. Was maßt sie sich an.

Ich bin heilfroh, dass ich die Stelle in der Sparkasse habe. Vor einem Jahr stand die Filiale auf der Kippe. Sie sollte geschlossen werden. Doch dann entschied man sich für den Erhalt der Filiale, aber gegen das Personal, es wurde um drei

Stellen reduziert. Zum Glück durfte ich bleiben und eigentlich ist es mit den drei verbliebenen Kollegen auch ein viel angenehmeres Arbeiten. Wir haben zurzeit noch einen Azubi. Er träumt jetzt schon von den Millionen, die er später an der Börse verdienen will, und wahrscheinlich wird er genau das tun, so ehrgeizig und kaltschnäuzig, wie er ist.

Ich achte darauf, dass mein Privatleben privat bleibt, ich bin zu allen kollegial freundlich, vermeide aber näheren Kontakt. Das ist eine schwierige Balance, denn ich kann nicht immer absagen, wenn es um eine Einladung oder ein Treffen im Weinlokal geht. Natürlich unterhält man sich auch nach einem Wochenende über das Erlebte. Es gibt ein gieriges Verlangen nach privaten, intimen Informationen. Ich verweigere diese Auskünfte und versuche, die Distanz durch Freundlichkeit und Hilfsbereitschaft auszugleichen. Doch letztlich bin und bleibe ich eine Fremde. Peer habe ich verboten, in die Sparkasse zu kommen oder mich abzuholen. Ich weiß nicht, was die anderen über mich wissen, was sie über mich reden, wenn ich nicht dabei bin. Letztlich ist es mir auch egal, da bin ich wie meine Mutter, obwohl der zu viel egal war.

Ich hätte den Brief nicht zerreißen sollen, ein langer handgeschriebener Brief.
Nicht wiederholbar. Kein Ausdruck. Keine Datei.
Vielleicht hättest du meine Fehler rot angestrichen, Kuhl, oder meine Korrekturen nicht lesen können. Da durchgestrichen, da drübergeschrieben, da Sternchen, Pfeile und Zahlen, um ein besseres Wort, eine Erklärung einzusetzen.
Futsch.
Aber ich versuche es noch einmal, speichere jedes Wort ab, keine sichtbaren Korrekturen, dieses Mal wird es ein ordentlich getippter Brief – wie man so sagt.

Weggeschickt zu der Großmutter aufs Land hatte sie mich erst, als ich elf oder zwölf war. Wegen der Schule, wegen der Erziehung, wegen der Ordnung. Sagte sie. Ich war zweimal abgehauen. Was heißt abgehauen. Ich habe mich das eine Mal in dem Wochenendhaus, das den Eltern einer Freundin gehörte, zwei Tage und zwei Nächte versteckt, das andere Mal war ich mit einem Typen aus meiner Klasse auf dem Weg nach Italien. Per Anhalter. Wir wollten einfach nach Italien. Wir waren schon über die Alpen, da haben sie uns geschnappt und zurückgebracht. Was für ein Aufstand. Eine Zicke vom Jugendamt kontrollierte alles, Schule, Wohnung, meine Mutter, sie musste tausend Fragen beantworten. Diese Frau vom Amt war sicher der Auslöser für ihren Entschluss, mich wegzugeben, aber klar war auch, und das wusste ich damals schon, dass sie freie Bahn haben wollte. In unserer Wohnung gingen die Leute ein und aus. Meistens Frauen, aber eben auch Männer. Kunden, die meine Mutter sich aus dem Maßatelier, in dem sie arbeitete, an Land gezogen hatte. Zuerst waren es nur Änderungen, die sie annahm, dann nähte sie Kleider, Röcke, Hosen, Kostüme für ihre Herrschaften, das sagte sie immer, meine heimlichen Herrschaften, denn ihr Chef durfte natürlich nicht wissen, dass sie ihm Kunden wegschnappte.

Unsere Wohnung war ein Bluff. Sie bestand aus der Hälfte oder einem Viertel einer ehemals riesigen Wohnung. Dadurch kam diese merkwürdige Aufteilung zustande. Sie hatte einen langen schmalen Flur, der durch die Dunkelheit endlos wirkte. Am Anfang des Flurs, gleich nach der Eingangstür, war der große helle Raum, in dem meine Mutter arbeitete, danach kam die Küche, etwa in der Mitte des Flurs lag das Badezimmer, und am Ende gab es zwei winzige Kammern. In der einen war ich untergebracht, die andere war eine Art begehbarer Kleider- und Wäscheschrank. Meine Mutter schlief vorne im Schneiderzimmer. Sie hatte dort eine Schlafcouch, die sie tagsüber mit einem dunkelroten Stoff bedeckte und mit zahllosen Kissen zu einem einladenden Sitzmöbel umdekorierte. Der Raum sah nicht schlecht aus, er machte was her. Es gab allerdings immer ein gewisses Durcheinander, Schnittmuster, Stoffe, Garnrollen, Modezeitschriften lagen herum, aber nie gab es ein Staubkörnchen. Sie hat jeden Tag, wenn sie von der Arbeit kam, Staub gewischt und gesaugt, dann putzte sie das Badezimmer, weil es doch vorkommen konnte, dass eine ihrer heimlichen Herrschaften auf die Toilette musste oder sich nach all dem An- und Ausgeziehe wieder herrichten wollte.

Ich profitierte von der Kundschaft, weil die eine oder andere der stark parfümierten Damen mir Schokolade oder Bonbons zusteckte, eine Schuldirektorin brachte mir sogar Bücher mit, und eines davon, *Der ewige Brunnen*, habe ich noch heute.

Ich hätte allerdings lieber einen Vater gehabt. Zumindest einen Vater, von dem ich hätte sagen können, das ist mein Vater. Er hätte meinetwegen auch ein Arsch sein können, aber so gar keinen, nicht mal einen toten, das war nicht gut. Viele in meiner Klasse hatten nicht mehr ihre Original-Eltern oder lebten, wie ich, mit ihrer alleinerziehenden Mutter zusammen, aber in der Regel hatten sie noch Kontakte zu ihren Vätern oder wussten, wo sie zur Not aufzufinden waren. Die Männer, die ich in meiner Kindheit mitgekriegt habe, waren Eintagsfliegen. Flatterten mal für einen Abend zu uns herein, dann waren sie wieder weg.

Einmal war ich nachts, als ich auf die Toilette musste, in dem langen dunklen Flur mit einem Mann zusammengestoßen. Da ich vor Schreck laut aufschrie, wollte er mir den Mund zuhalten, was zu einem albtraumhaften Kampf führte. Meine Mutter kam aus ihrem Zimmer gerannt und stürzte sich auf uns. Plötzlich rangen zwei nackte Erwachsene mit mir und versuchten, mich zu beruhigen. Ich war aber nicht zu beruhigen. Schließlich riss ich mich aus ihrer Umklammerung und schloss mich in meine Kammer ein.

Den Körper meiner Mutter kannte ich. Nackte Männerkörper hatte ich bis dahin nur auf Fotos oder in Filmen gesehen. Jetzt konnte ich den Körper eines Mannes auf meiner Haut riechen. Das war das eine, das andere war, dass ich, als ich schreiend um mich schlug, in diesem Körpergemenge seinen Schwanz berührt hatte oder sein Schwanz mich. Ich hatte ihn sogar festgehalten, denn diesen Abdruck in der Hand, dieses Weiche, Feuchte, Haarige, Pulsierende, spürte ich noch, als ich wieder in meinem Bett lag und ein Gesicht zu diesem Überfall suchte.

Ich hatte diesen Mann schon einmal gesehen. Dessen war ich mir sicher. Ich wusste nur nicht, wo und wann. In jedem Fall schwor ich ihm Rache. Ihm und meiner Mutter.

Ich will dir alles erzählen, Kuhl, nach und nach. Du musst Geduld mit mir haben.

Meine Mutter sah für ihr Alter sicher nicht schlecht aus. Sie war für mich damals allerdings uralt. Ich kenne einige Frauen, die Anfang, Mitte vierzig sind, das geht, das ist in Ordnung, ich wundere mich sogar, wenn ich ihr Alter erfahre. Und manche Schauspielerinnen sehen ja mit fünfzig noch aus wie dreiunddreißig.

Meine Mutter war Ende dreiunddreißig, als sie mich auf die Welt brachte. Kaiserschnitt, weil ich quer lag. So sagte sie es mir. Und an diese Querlage, an das eigentlich Nichtrauswollen, habe ich mich später, als alles schiefging, immer wieder erinnert. Ich wollte nicht geboren werden, man hatte mich gezwungen, man hatte mich herausgeschnitten – wie kann ein Leben gut werden, wenn man mit Messer und Zangen in die Welt katapultiert wird? Hätte man mich gefragt, ich hätte gesagt, lasst mich hier drin, ich werde mich zurückbilden und als ein Stück Scheiße den anderen Ausgang nehmen. Aber man hat mich nicht gefragt, hat meine Verweigerung nicht ernst genommen.

Und dann dieser Gegensatz. Meine Mutter, rotblond und extrem weißhäutig, ich schwarzhaarig und gegen meine Mutter fast dunkelhäutig. Krass. Aber ein schönes Paar. Vor allem ein schönes Kind. Das muss ich sagen, wenn ich mir Fotos aus meiner Kindheit anschaue.

Später färbte meine Mutter ihre Haare mit Henna feuerrot. Sie hatte eine richtig wilde Mähne. Wenn sie zur Arbeit ins Atelier ging, knotete sie die Haare allerdings zu einem altmodischen Dutt oder zu einem Pferdeschwanz. Und je nachdem, welche Kunden sie bei uns zu Hause erwartete, trug sie die Haare offen oder streng mit Kämmen zu einer Art Frisur gebändigt. Ihre Kleidung war ein bisschen merkwürdig. Sie liebte weite Shirts, weite Jacken, unförmige schlappernde Pullover, immer hatte sie etwas an, das ihre Brüste kaschierte, die allerdings auch, vor allem im Verhältnis zu ihrer sonst sehr schlanken Figur, riesig waren. Die Beine, ob sie in Hosen steckten oder aus dem Rock schauten, waren dünn und geradeaus wie Wanderstöcke. Wenn wir zusammen schwimmen gingen und sie in ihrem Bikini oder Badeanzug herumstakste, war mir ihr Körper peinlich, und wenn ich dann noch aus irgendeinem Grund sauer auf sie war und mir vorstellte, dass sie mich als Baby mit diesen Brüsten gesäugt hatte, wurde mir kotzübel. Auch in der Nacht, als wir zu dritt in dem dunklen Flur miteinander kämpften, kam ich ja nicht nur in Berührung mit diesem hin und her baumelnden Gehänge, sondern auch mit diesen prallen Eutern, das eine so widerlich wie das andere.

Mir war in der Nacht nicht eingefallen, woher ich den Mann kannte, ich hatte auch nicht weiter darüber nachgedacht. Erst zwei, drei Wochen später hörte ich, als ich nach Hause kam, mehrere Stimmen im Zimmer meiner Mutter, und die eine Stimme, die männliche, war, daran gab es für mich keinen Zweifel, die Stimme des Mannes, der mich nackt im Flur überfallen hatte, oder meinetwegen die Stimme des Mannes, mit dem ich auf dem Weg zur Toilette zusammengestoßen war, aber das kommt aufs Gleiche heraus. Ich bekam sofort Herzklopfen, weil ich mir bis dahin keine Gedanken darüber gemacht hatte, wie meine Rache aussehen sollte. Jetzt aber gab es eine Gelegenheit dazu, und mir fiel nichts ein. Trotzdem klopfte ich.

Meine Mutter hatte mir befohlen, immer anzuklopfen, wenn Besuch in ihrem Arbeitszimmer war, weil es sein konnte, dass eine Kundin gerade bei der Anprobe war, also im Unterrock oder sonst was herumhopste. Ich klopfte, wartete aber nicht das »Herein« ab, sondern trat, nachdem ich eins, zwei, drei gezählt hatte, ins Zimmer. Ich sah den Mann und die Frau, die bei meiner Mutter zu Besuch waren, nur von hinten, meine Mutter aber schaute direkt zur Tür, und sie starrte mich an, als sei ich ein Geist. Wahrscheinlich hatte sie mein Klopfen nicht gehört. Die Überraschung war sozusagen gelungen, irgendetwas war in ihrem Blick, in ihrem Gesichtsausdruck, das mir sofort recht gab. Als hätte ich sie alle zusammen in flagranti erwischt.

Der Mann und die Frau drehten sich nach mir um, sie hatten wohl am Gesicht meiner Mutter gemerkt, dass in ihrem Rücken etwas Unheimliches geschehen sein musste. Da sah ich, dass auch der Mann Angst hatte. Das war ein sehr gutes Gefühl. Ich war elf damals, aber ich hatte die Situation voll erfasst. »Meine Tochter Maria«, sagte meine Mutter zu ihrer Kundin, die ihren Ehemann zur Anprobe mitgebracht hatte, und sie schaute nur die Frau an, »Sie kennen sie ja schon. Maria«, sagte sie dann sofort in einem scharfen Ton zu mir, »ich habe jetzt keine Zeit, bitte gehe in dein Zimmer.«

Die Frau lächelte mich an, der Mann schaute demonstrativ auf seine Uhr. Ich blieb stehen, wo ich stand. Sollte ich die Bombe platzen lassen? War es der Moment der Rache, oder war es besser, auf andere Weise Vorteil aus dieser für meine Mutter und den Mann peinlichen Lage zu ziehen? Irgendeine Eingebung veranlasste mich zum Rückzug, aber einen kleinen Warnschuss wollte ich trotzdem abfeuern. Ich ging auf die

Frau zu und reichte ihr die Hand. »Guten Tag und auf Wiedersehen«, sagte ich, dann drehte ich mich zu dem Mann, wollte auch ihm lässig die Hand geben, aber ich konnte es nicht, sofort sah ich seinen nackten Körper vor mir mit allem Drum und Dran. Meine Mutter hielt irgendwie den Atem an, das spürte ich genau. Aber ich war der Situation nicht mehr gewachsen. Ich lief hinaus.

ScheißeScheißeScheiße, dachte ich, als ich mich in meinem Zimmer aufs Bett warf. Versagt, ich hatte total versagt. Nachdem ich mich etwas beruhigt und selbst getröstet hatte, denn so blöd war es doch eigentlich nicht gelaufen, nahm ich mir vor zu üben. Das Drohen, Angsteinjagen, Erpressen will gelernt sein. Meine erste Lektion hatte ich hinter mir. Und es war eine wichtige Erfahrung, die Angst des anderen wahrzunehmen. Zwei Erwachsene hatten vor mir gezittert, das war nicht nichts.

Kuhl, ich muss unterbrechen. Hat es Sinn, das alles aufzuschreiben? Ich wollte über uns, über dich schreiben, und nun artet es aus, ich glaube, ich verzettele mich. Peer hat schon misstrauisch gefragt, was ich andauernd schreibe. Ich habe ihm gesagt, dass ich einen Fortbildungskurs für die Sparkasse mache und dafür Briefe und Angebote aufsetzen muss. Er schluckt alles, wenn er nur ungestört von seinem supersicheren Coup träumen kann.

Heute war ich beim Optiker. Ich brauche eine Brille, Kuhl. Eine Lesebrille. So fängt das an. Ich bin alt.

Ich hätte mir so eine Lesehilfe im Kaufhaus kaufen können, das habe ich überlegt, habe mich dann aber für einen richtigen Optiker und eine richtige Brille entschieden. Das erste Mal ist das erste Mal. Das wollte ich zelebrieren. Und nahm beim Optiker neben einem Mann Platz, der auf die vielen Brillengestelle starrte, die vor ihm auf einem Tisch lagen. Ich beobachtete ihn von der Seite, er sah so hilflos aus ohne Brille, und ich stellte mir vor, dass ich in ein paar Jahren auch so halbblind tapsig in die Welt gucke, und statt darüber zu weinen, lachte ich, was der Mann bemerkte, denn er hob den Kopf, schaute mich an und begann ebenfalls zu lachen. Das war schön. Ich habe lange nicht mehr so fröhlich und frei mit jemandem gelacht. Dann kam der Optiker mit einem Tablett, auf dem fünf Brillen lagen. Weißt du, was mir durch den Kopf schoss? Jetzt setzt der Mann die passende Brille auf und ist entsetzt, wenn er mich richtig sieht. Ich war überzeugt davon, dass es so sein würde. Darauf wollte ich es nicht ankommen lassen. Ich stand auf, sagte zu dem Optiker, dass ich später wiederkäme, und verließ den Laden.

Kuhl, ich glaube, diese Verunsicherung hat mit dir begonnen, oder richtiger, nach dir. Du hast irgendetwas in mir kaputt gemacht. Oder steckte dieser ganze Dreck in mir, und du hast ihn nur zutage gefördert?
 Ich kneife die Augen ein bisschen zusammen beim Lesen und Schreiben. Nun braucht es einen neuen Anlauf. Ich hatte heute keine Zeit mehr, um noch einmal beim Optiker vorbeizugehen. Wo soll ich weitermachen? Was willst du hören?
Ich mache eine Pause.
Es ist ja nicht so, dass du auf meinen Brief wartest.
Wenn ich das wüsste.
Egal.

Nachdem du abgehauen warst, Kuhl, hatte ich viele Männer. Erst diese Typen aus der Kneipe. Die haben mich als Freiwild angesehen, als sie merkten, dass du endgültig das Weite gesucht hattest. Und dieser Freund von dir, mit dem du oft kamst, war schon an mir dran, als wir noch zusammen waren. Zu dieser Zeit nahm ich seine Annäherungsversuche allerdings eher spielerisch, weil ich dachte, er kann es nicht ernst meinen, er ist doch dein Freund. Aber – wie es so schön heißt – das Bett war noch warm, als er dann zu mir unter die Decke kroch. Und es ging gar nichts. Vielleicht war es die Aufregung, vielleicht wollte er mich nicht mehr, so ohne Widerstand und ohne Triumph über den Freund. Er mühte sich, ich mühte mich. Woran lag es? Hatte ich mich nun endgültig in eine abgefuckte Matratze verwandelt? Als bei DIR nichts mehr lief, war es offensichtlich die Anspannung, die Angst um deine lebensbedrohlich erkrankte Mutter, das war eine Erklärung, ich habe sie geglaubt. Zuerst jedenfalls, und alles war ja aufgehoben in unserer Liebe. Dachte ich. Aber dann, nachdem deine Impotenz (was für ein Wort, das kannte ich nur im Zusammenhang mit alten Männern) andauerte, kamen die Zweifel. Nicht an dir, an mir. ICH war die Versagerin. Die Bestätigung folgte ziemlich schnell. Denn plötzlich warst du weg. Hattest dich in Luft aufgelöst.

Mit deinem Freund war es natürlich ganz anders. Es waren keine Gefühle im Spiel. Es ging nur darum, miteinander Spaß zu haben. Ein Deal, sonst nichts. Und nicht einmal das gelang mir. Ich war froh, als er abzog. Er schlich wie ein geprügelter Hund aus meiner Mansarde und ließ sich auch in der Kneipe nicht mehr blicken.

Dafür stand der Wirt ein paar Tage später nachts im Treppenhaus. Ich kam aus dem Badezimmer und bemerkte seinen Schatten neben meiner Mansardentür. Die Überraschung und der Schreck erinnerten mich schlagartig an die nächtliche Flurbegegnung mit dem Liebhaber meiner Mutter. Ich schnürte meinen Bademantel fest zu und ging auf ihn zu. Es konnte nicht sein, dass er nachts auf den Dachboden steigen wollte, auch wenn die Luke mit der Leiter direkt hinter ihm war. Also wollte er zu mir. Ja, sagte ich, als ich vor ihm stand. Ich meine, ich hätte dieses »Ja« mit Fragezeichen gesagt, die knappste Form einer langen Frage, und diese Verkürzung schien mir zu der späten Stunde mehr als angebracht. Er aber hörte das Fragezeichen nicht – oder wollte es nicht hören – er nahm mein »Ja« als Zustimmung und schob mich, gleich den Bademantel öffnend, in mein Zimmer. Ich habe mich nicht gewehrt, ich habe nicht geschrien, ich habe es gewollt. Es ging ganz schnell, zwei Verhungernde, zwei Verdurstende, die übereinander herfielen, nur Gier, nur Geilheit, ohne jeden Schnickschnack, nur ficken und in der Erschöpfung einschlafen.

Am nächsten Morgen wachte ich in meinem Bademantel auf. Ich brauchte einen Moment, bis ich die Nacht begriff. Da war etwas gewesen, und es hatte mir gut getan. Was jetzt, überlegte ich, wird er mich feuern, wird er nun jede Nacht kommen, wird er mehr von mir verlangen? Vielleicht sollte ich sofort kündigen. Aber warum?

Als ich am Spätnachmittag in die Kneipe ging, war alles wie sonst auch. Der Wirt füllte die Theke auf, seine Frau bereitete in der Küche die Speisen vor, ich räumte im Gastraum auf, was zu räumen übrig geblieben war. Kein anzüglicher Blick, kein Augenzwinkern, keine Geste vom Wirt, die auf seinen Mansardenbesuch anspielte. Das war richtig cool von ihm, aber gleichzeitig empfand ich es als Beleidigung, daß er mich überhaupt nicht beachtete, keine Spur! Ein blitzschnelles Sich-Verständigen wäre die Sache schon wert gewesen, solche Träume hat man nicht jede Nacht. Aber alles ging seinen gewohnten Gang.

Ein paar Tage lang achtete ich noch auf das Knarren der Treppe, sah Schatten, wo es keine Schatten gab, und fand mich schließlich lächerlich. Der Wirt war wirklich nicht der Mann, den ich wollte.

Unter den Studenten dagegen, die in die Kneipe kamen, war einer, der mir aufgefallen war. Er erinnerte mich an dich, Kuhl, dabei wollte ich nichts anderes, als dich vergessen. Natürlich hoffte ich, du würdest wieder an der Theke stehen oder an deinem Tisch sitzen. Manchmal schloss ich die Augen und dachte, wenn ich sie öffne, bist du da. Und es ist alles so, wie es war, mit uns, mit der Liebe. Aber auf deinem Platz saß dieser Student, der mich anzog und abstieß zugleich. Nicht noch einmal Kuhl. Er traf sich oft mit Frauen in der Kneipe, nicht mit einer, sondern mit vielen. Sie redeten meistens über die Uni oder über Politik. Obwohl er intensiv in diese Diskussionen vertieft war, verhakten sich manchmal unsere Blicke. Aber auf meiner Liste hatte ich ihn nicht.

Eigentlich flirtete ich mit allen. Die Stimmung musste gut sein in der Kneipe, dann wurde auch viel getrunken. Das hatte der Wirt mir, als er mich einstellte, eingeschärft. Und wenn dir einer an die Wäsche will, der dir nicht gefällt, sagst du Bescheid. Das regel ich dann.

Der Laden lief. Der Wirt verdiente gut, ich verdiente nicht schlecht und mir machte die Arbeit Spaß. Nach all den Jobs zuvor war die Kneipe das Paradies. Jedenfalls zu deinen Zeiten, Kuhl. Danach hatte sich alles verändert.

Ich war übrigens auch schwanger. Das war ein ziemlicher Schock. Ich habe nicht lange überlegen müssen, es war für mich sehr schnell klar, dass ich abtreiben würde. Nicht die Reihe der unehelichen Kinder fortsetzen, meine Mutter ist ohne Vater aufgewachsen, ich bin ohne Vater aufgewachsen, und dann soll ich ein Kind in die Welt setzen, das genauso gestört und allein herumläuft wie ich?

Außer Leah habe ich niemandem von der Schwangerschaft erzählt, sie hat mir dann auch beim Arzt und nach dem Eingriff geholfen. Ich habe mich eine Woche beim Wirt krankgemeldet, dann ging es weiter. Eigentlich wollte ich meiner Mutter nach der Abtreibung erzählen, wie viel sie mir erspart hätte, wenn sie genauso gehandelt hätte. Aber ich ließ es bleiben.

Auch dem potenten Verursacher dieses kleinen Malheurs habe ich die Entfernung meiner/unserer Leibesliebesfrucht verschwiegen. Immerhin hatte er schon zwei Kinder, und eine Ehefrau dazu. Ich hatte die Familie, da war unser Verhältnis schon institutionalisiert, wenn auch unter strengster Geheimhaltung, beim Bummel auf dem Weihnachtsmarkt gesehen. Zwei Jungs, ein kleinerer, ein größerer, die sich um einen

silbernen Ballon stritten, eine Mutter, die hochschwanger war, ein Vater, dem eine der vielen Einkaufstüten aus der Hand fiel, als er mich sah. Er bückte sich in dem Gedränge, um die Päckchen, die aus der Tüte gefallen waren, wieder einzusammeln. Richtig so. Als er wieder hochschaute, hatte ich mich bereits aus dem Staub gemacht. Ich wünschte, das Ganze wäre ein Spuk gewesen. Ich wusste von den Kindern und der Ehefrau. Aber ich wusste nicht, dass die Ehefrau wieder ein Kind erwartete. Vielleicht hat sie nur irgendwelche Geschenke unter den Mantel gestopft, solche blöden Überlegungen gingen mir durch den Kopf, weil ich keinen Platz lassen wollte für die offensichtliche Tatsache, dass er, was zu Hause nicht mehr ging, nun in seinem Büro mit mir erledigte. Dort, in seinem Sprechzimmer in der Uni, trafen wir uns. Der Herr Dozent hatte eine schöne Liege in seinem Arbeitsraum. Zum entspannten Denken. Mein Denken war, das muss ich eingestehen, ziemlich beschränkt. Seine Familie interessierte mich nicht. Was hatte ich damit zu tun, dass er seine Frau betrog. Das war seine Sache. Ich hatte auch keine Erwartungen oder gar die fixe Idee, dass er für mich Frau und Kinder verlässt. Mein Denken, meine Fantasien, meine Wünsche richteten sich allein auf die Stunden, die wir miteinander verbrachten, ein paar Mal waren es sogar Nächte. Das war das Leben. Unser Feuer, das brannte. Alles andere existierte für mich nicht.
Wieso wurde ich schwanger? Ausgerechnet von ihm. Warum war ich so unvorsichtig? Leah, meine einzige Vertraute, sagte, weil du es wolltest. Es war gegen Kuhl.
Unsinn.

Wenn ich heute an diese Zeit zurückdenke, stell ich mir manchmal vor, dass ich ein fast zehnjähriges Kind haben könnte. Ich kann mir das Kind nur als einen Jungen vorstellen. Ich hätte also einen Sohn. Wenn ich diesen Sohn hätte, brauchte ich vielleicht Peer nicht. Nicht für mich. Ich würde aber für meinen Sohn ein Fahrrad bei Peer kaufen.

Es ist komisch und nicht so leicht, täglich mit viel Geld umzugehen und die Finger davonzulassen. Es ist ja nicht gerade üppig, was ich verdiene. Und in den letzten Jahren ist es quasi jeden Monat weniger geworden.

Als die Euro-Umstellung kam, habe ich noch in der Kneipe gearbeitet, und im Gaststättengewerbe war die Verunsicherung vielleicht am größten. Die Gäste gaben am Anfang viel Trinkgeld, weil sie mit der Umrechnung nicht klarkamen. Zu meinen Gunsten muss ich sagen. Irgendwann schlug das um, plötzlich merkten sie, wie teuer das Bier oder der Wein geworden war, und sie rundeten die Rechnungssumme nicht mehr einfach auf, sondern ließen sich exakt herausgeben. Und vor lauter Angst, zu viel Trinkgeld zu geben, gaben sie dann gar nichts mehr. Das hat sich wieder eingespielt, aber ich weiß auch, dass die Bedienungen jede Teuerungsrate sofort zu spüren bekommen. Von daher bin ich froh, dass ich ein festes Gehalt bekomme, aber ich kriege jeden Tag mit, wie das Geld verschleudert wird. Die Geld-Junkies machen vor nichts halt.

Entschuldige Kuhl, das gehört nicht hierher, und du hast damals schon Geld gehabt beziehungsweise deine Eltern hatten es, jedenfalls war das nie ein Thema für dich. Ich dagegen habe meine Mutter und meine Großmutter beklaut, nicht viel aus heutiger Sicht, aber immerhin, ich hatte damit diese Grenze schon einmal überschritten.

Was meine Mutter verdient hat mit ihrer Näherei, weiß ich nicht, nicht viel, nicht wenig. Aber ich kam mit meinem Taschengeld nie hin. Sie ließ schon mal eine CD, die ich unbedingt haben wollte, extra springen, oder ein Buch, da war sie großzügig. Auch wenn wir zusammen in die Ferien fuhren, spendierte sie mir alles Mögliche, jedenfalls sparte ich in dieser Zeit fast mein ganzes Taschengeld. Krach gab es, wenn es um Kleidung ging.

Jedes Mal, wenn ich mir etwas ausgesucht hatte und sie darum bat, es kaufen zu dürfen, bot sie mir ihre Schneiderkünste an. Das aber war das Letzte, was ich wollte. Ich wollte diesen Rock oder diese eine Hose oder diese eine Jacke aus dem einen bestimmten Laden und diese eine bestimmte Marke – nicht so ein nachgebautes Stück, bei dem jeder sofort erkennen konnte, aus welcher heimischen Haute-Couture-Werkstatt es kam.

Das waren heftige Streitereien, die allerdings oft mit meinem Sieg endeten. Wenn sie unerbittlich blieb, versuchte ich es mit einem Argument, das sie in die Knie zwang, aber, je nach ihrer Laune und Verfassung, auch nicht immer zum Erfolg führte. Ich sagte, wenn ich einen Vater hätte, wäre das alles kein Problem. Der würde mit mir in die Stadt gehen und mir kaufen, was ich brauche. Fertig. Manchmal funktionierte es, manchmal ließ sie mich einfach sitzen und ging auf die Toilette oder wandte sich demonstrativ einem Schnittmuster zu. Dann war nichts mehr zu machen, und ich konnte meine Wünsche begraben.

Das waren Situationen, die mich mit Wut und Hass vergifteten und mir in meinen Augen das Recht gaben, ALLES zu tun. Diebstahl, Muttermord und, wenn möglich, Vatermord.

Stand mir nicht ein Vater zu? Stand mir nicht Unterhalt zu? Wenn es aber keinen Vater gibt, kann man weder Forderungen an ihn stellen noch gegen ihn kämpfen oder ihn umbringen. Hätte meine Mutter nicht, aus Pflicht mir gegenüber, auf Unterhalt bestehen müssen? Es war MEIN Geld, meines und nicht ihres, auf das sie, aus welchen Gründen auch immer, verzichtet hatte. Folglich, so mein Resümee, sollte sie Ersatz dafür leisten. Das war das Mindeste.

Manchmal stellte ich mir in meiner Raserei vor, sie mit Scheren und Nadeln zu foltern, so lange, bis sie endlich mit dem Namen herausrückte, mit seinem Namen und seiner Adresse. Meistens dauerte es eine Weile, bis sich dieser mörderische Aufruhr legte. Und da ich mich im Recht fühlte, so absolut im Recht, holte ich mir MEIN Geld, wenn auch nur zu einem winzigen Bruchteil, aus ihren Mantel- oder Jackentaschen. Es fanden sich immer ein paar Fünfer, Groschen oder Fünfziger, wenn ich Glück hatte, auch Markstücke. An ihr Portemonnaie ging ich erst, als ich mit Friedolin nach Italien trampen wollte. Hätte mir mein Vater nicht eine anständige Reise mit dem Zug bezahlt? Oder wäre er nicht mit mir zusammen dorthin gefahren? Ich nahm einen Fünfzigmarkschein aus ihrem Portemonnaie, dann noch sicherheitshalber zwei Zehnmarkscheine, weil ich nicht wusste, ob Friedolin Geld hatte. So konnte es für uns beide reichen.

Nachdem wir von der Polizei geschnappt und zurückgebracht worden waren, musste ich unendliche Litaneien über mich ergehen lassen. Dass sie sich nicht schämt, mich als Diebin zu bezeichnen, dachte ich. Selbst der Frau vom Jugendamt erzählte sie, dass ich Geld aus ihrem Portemonnaie genommen hatte. Aber mir war klar, dass sie mich loswerden wollte. Ich störte sie. Und auch wenn ich nicht nachts mit einem Mann im Flur zusammenstieß, wusste ich, dass immer mal wieder einer bei ihr im Zimmer war. Nicht zum Tee. Auch nicht zur Mondscheinsonate. Ich kannte die Geräusche der Wohnung und konnte sie unterscheiden.

Ich hatte nichts dagegen, zur Großmutter zu ziehen. Meine Mutter nannte es einen Versuch, und sie sagte, wir beide brauchten für eine Zeit Distanz zueinander. Mit der Omi vertrüge ich mich und sie wisse auch, dass die Schule in Hildesheim gut sei, sie hätte sich über alles informiert.

Wenn ich schon keinen Vater habe, sagte ich, hätte ich wenigstens gerne einen Großvater.
Peng.
Als ich fünf oder sechs war, erzählte man mir, der Großvater sei im Himmel. Später erfuhr ich aus heimlich belauschten Gesprächen der Erwachsenen, dass er die Großmutter noch während der Schwangerschaft verlassen hatte.

Der Großvater tauchte nach einem Jahr wieder bei Großmutter auf. Von dem Kind wollte er nichts wissen. Er bestand auf Scheidung und stellte der Großmutter Bedingungen. Er bot an, Unterhalt für das Kind zu zahlen, eine kleine Summe, sonst würde er aufhören zu arbeiten. Dann könnten Großmutter und Kind in die Röhre gucken. Er legte der Großmutter Papiere vor, die sie unterschreiben sollte. Das tat die Großmutter. Nach der Scheidung heiratete der Großvater und bekam mit seiner neuen Frau zwei Kinder.

Meine Großmutter hatte meiner Mutter verboten, jemals Kontakt zu diesem »Teufel« aufzunehmen. Das galt natürlich auch später für mich.

Denn ich bin der Herr, dein Gott, und ich bin ein eifriger Gott, der heimsucht der Väter Missetat an den Kindern bis in das dritte und vierte Glied.

Hätte ich doch meinen Kinderglauben behalten, dass er gen Himmel gefahren war.

Kuhl, schreibst du noch? Ich schaue immer mal wieder im Netz, ob von dir ein neues Buch erschienen ist. Ich finde nichts. Hast du nach diesem einen Gedichtband keine weiteren Gedichte mehr veröffentlicht? Oder vielleicht etwas anderes? Du warst der erste Dichter, den ich in meinem Leben gesehen habe. Mir haben deine Gedichte gefallen, auch wenn sie nicht gereimt waren. Ich mag Reime. Als ich bei der Großmutter wohnte, habe ich mir manchmal aus der Bücherei Gedichtbände geholt. Heine, Mörike, Morgenstern, Wilhelm Busch, Eichendorff. Heute lese ich eigentlich nur Zeitschriften oder Krimis. Du fehlst mir mit deinen Gedichten, Kuhl.

Den Mann, mit dem ich damals im Flur zusammengeprallt bin, habe ich, nach seinem offiziellen Besuch als Begleiter seiner Ehefrau, nie wieder in unserer Wohnung gesehen. Dabei hatte ich mir Fragen ausgedacht wie zum Beispiel: Wo ist denn Ihre nette Frau? Grüßen Sie sie von mir, oder, was wollen Sie von meiner Mutter? Sie haben doch eine schöne Frau, viel schöner übrigens als meine Mutter. Meine Mutter, die ich fragen konnte, hatte ich gefragt, ob die Ehefrau denn wisse, dass ihr Mann in unserer Wohnung übernachtet habe.

»Ich möchte, dass du diese Sache vergisst und mit niemandem, hast du verstanden, mit niemandem darüber sprichst«, war die Antwort meiner Mutter. Dann kam noch ein Genuschel, ich sei ein Kind, ich würde es später verstehen und so weiter.

Wie kann man Fragen, auf die man keine Antwort bekommt, vergessen? Eine Nichtantwort ist langlebiger als eine Antwort.

Peer hat seine eigene kleine Wohnung, nicht weit von seinem Fahrradladen entfernt. Die Abende und die Nächte verbringt er aber meistens bei mir. Am Anfang war ich froh darüber und wollte ihm sogar vorschlagen, ganz zu mir zu ziehen, doch zum Glück habe ich das nicht getan.

Als wir uns vor einem Jahr kennenlernten, hatte ich das Alleinleben satt, bis oben hin. Ich wollte endlich etwas Stabiles, jemanden, der mit mir teilt, der für mich da ist, der sich um mich kümmert, der mich beschützt, der mir hilft. Liebe oder so was habe ich nicht erwartet, das Leben muss man pragmatisch angehen.

Peer ist so ein Pragmatiker, er hat etwas Handfestes, er lässt sich nie aus der Ruhe bringen, egal, was passiert. Außerdem ist er nur ein Jahr älter als ich, das finde ich gut.

Ich habe die Nase gestrichen voll von diesen älteren Männern, die entweder verheiratet sind und in ihrer Ödnis Auffrischung brauchen oder die mir die Ohren mit Problemen und Krankheiten volljammern. Ich bin keine Krankenschwester und keine Psychotante. Ich habe genug mit mir selbst zu tun. Peer muss man von nichts kurieren, außer von seinem Tick mit dem supersicheren Coup. Ich habe es erst spät realisiert, wie ernst es ihm ist.

Für mich war das eine Art von Running Gag, es macht Spaß, sich so etwas auszudenken, Banküberfall, jemanden die Knarre an die Stirn drücken, Erpressung, es gibt so vieles, was man sich aus Ärger, Rache und Verletzung ausdenken kann, auch Mord. Schon als Kind habe ich mich in diesen Gewaltfantasien gesuhlt, aber das waren Gelüste, die sich nur im Kopf abspielten und halfen, die Wut verrauchen zu lassen. Natürlich habe ich nie jemandem davon erzählt.

Peer aber tut nichts lieber als mit mir über seine Vorstellung von einem supersicheren Bankraub zu reden. Allerdings nehme ich, in seiner Inszenierung, auch die Hauptrolle ein. Ohne mich läuft gar nichts. Nur ich kann mit meiner Anwesenheit in der Bank den supersicheren Ablauf garantieren.

Du schickst mir eine SMS, wenn du mit dem Azubi allein bist. Ich bin in Nullkommanichts da. Ich werde euch beide fesseln, und in drei Minuten bin ich mit der Kohle wieder draußen. Ich schwing mich auf mein Rad. Fertig. Es gibt kein Risiko. Jedenfalls nicht für dich. Und für mich auch nicht. Wir wollen ja schließlich beide was von dem Schotter haben.

Meine vielen Einwände zerpflückte er Punkt für Punkt oder, wenn ihm einer davon einleuchtend und richtig erschien, notierte er ihn, um seine To-do-Liste zu ergänzen oder zu korrigieren. Er war bei diesen Gesprächen immer ruhig und konzentriert, sodass dieser supersichere Coup letztlich wie eine seriöse Unternehmung hätte wirken können, wenn mir das Ganze nicht aberwitzig erschienen wäre. Man hat doch ein bestimmtes Bild von sich. Als rasende Furie, beispielsweise, kann ich mich durchaus sehen, meinetwegen auch als Domina in einem Puff, aber nicht als Bankräuberin und schon gar nicht als Komplizin eines Bankräubers. Ich lasse Peer reden.

Wie oft denke ich, wenn er an seinem minutiösen Einsatzplan tüftelt, wie kriege ich die Kurve, wie sag ich ihm, dass ich nicht mehr will, dass Schluss ist. Gleichzeitig habe ich keine Lust, wieder wie eine streunende Katze durch die Straßen zu laufen und mich von brünstigen Katern bespringen zu lassen. Wenn man einen bestimmten Punkt überschritten hat in diesem Alleinleben, verrottet man oder lässt Dinge zu, die man sonst nicht zulassen würde, weil sie einem im Grunde zutiefst zuwider sind. Das wird mit jedem Jahr Älterwerden schlimmer.

Meine Kollegin, Anna Szepannek, ist Ende vierzig, seit zehn Jahren geschieden und seitdem alleinlebend. Sie jiepert nach einem Mann, und den sucht sie, weil sie (zu Recht!) nicht erwartet, dass sie jemand auf der Straße oder im Café anspricht, im Netz. Das ist ihre Freizeitgestaltung, abends und am Wochenende, und wahrscheinlich sucht sie sogar heimlich während der Arbeitszeit. Chatten, verabreden, zweimal treffen, aus. Neues Date, Kaffeetrinken, Abendessen, eine Nacht, aus. Wieder ins Netz, suchen, suchen, suchen, neues Date, neue Hoffnung und so weiter. Die meisten wollen ja nur Sex, sagt Anna Szepannek, aber was für einen. Himmel. Und die, die das nicht wollen, haben andere Macken.

Wenn Anna Szepannek von ihren Abenteuern erzählt, wundert es mich, dass überhaupt jemand Sex mit ihr haben will, auf Teufel komm raus. Ich mit meinen knapp fünfunddreißig sehe schon nicht mehr frisch aus, wobei man das Alter im Gesicht ganz gut kaschieren kann, aber für meinen Körper will ich auf keinen Fall eine Scheinwerferbeleuchtung, wenn ich mit jemandem ins Bett gehe.

Anna Szepannek trägt in der Bank Kostüme oder Hosenanzüge, biedere Stücke, die leider oft zu eng sitzen. Ich hatte früher 38, sagt sie, da komme ich heute nicht mehr rein. Sie glaubt offensichtlich, ihr passe Kleidergröße 40, was eindeutig ein Irrtum ist. Um sich einigermaßen locker bewegen zu können, müsste sie 44 tragen, dann würden sich auch nicht ihre Speckrollen und die Unterwäsche durch den Stoff drücken. Ihr Gesicht ist pausbäckig, vielleicht sind deshalb ihre Augen so klein, jedenfalls sind sie gut eingepolstert, Schminke hätte da keinen Platz. Sie benutzt einen dunkelroten Lippenstift, fast braun, und diese dunkle Farbe betont ihre schmalen Lippen, die oft zu einem Strich zusammengepresst sind. Die dunkelblonden Haare trägt sie halblang mit einem kurzen Pony. Alles nicht der Rede wert. Außer der zu engen Kleidung und einer gewissen hausfraulichen Verbitterung gibt es nichts Auffälliges an ihr. Aber vielleicht ist es das, was auf die Chat-Männer sexy wirkt. Ich weiß natürlich nicht, wie Anna Szepannek bei ihren Verabredungen auftritt, vielleicht ist sie da eine ganz andere als in der Bank.

Ich kann mir viele Männer und Frauen, ob sie zwanzig oder fünfzig sind, nicht beim Sex vorstellen. Tanzen, zum Beispiel, ist ein guter Test. Wie manche mit den Armen schlackern und die Beine verrenken, ohne jedes Körper- und Rhythmusgefühl, das verblüfft mich immer wieder. Nur eckige, ungelenke Bewegungen, ohne einen Funken von Sensibilität, von Erotik ganz zu schweigen. Peer habe ich beim Tanzen kennengelernt. Er fiel mir auf in seiner Geschmeidigkeit, ein großer Junge, der eins war mit seinem Körper. Er tanzte alleine, konzentriert auf die Musik, und meine Versuche, mich ihm zu nähern, scheiterten an seiner Versunkenheit. Er nahm nicht wahr, was um ihn herum geschah. Mir blieb nichts anderes übrig, als ihn anzurempeln, doch nicht einmal das irritierte ihn, er blickte nur kurz auf, das war alles. Dann eben nicht, dachte ich. Ein paar Minuten oder eine Viertelstunde später, ich war wieder voll eingetaucht in die Musik und hatte ihn abgeschrieben, spürte ich einen Arm um meine Taille. Wie selbstverständlich zog er mich zu sich, wie selbstverständlich ließ ich mich von ihm umarmen, und wie selbstverständlich gingen wir später zu mir. Ich weiß nicht, ob wir mehr als zwei Sätze miteinander geredet haben. Brauchten wir nicht. Nur Körpersprache.

Kuhl, mit dir war es anders. Wir haben zu viel miteinander geredet. Manchmal die ganze Nacht hindurch. Über was?

Wenn ich das noch so genau wüsste. Über uns. Über deine Familie, über meine, über die verrückte Welt. Das neue Jahrtausend war dir unheimlich. Als die Türme einstürzten, sagtest du, ich habe gewusst, dass etwas passiert. Und kurz darauf warst du weg. Ich hatte damals tatsächlich überlegt, ob du vielleicht nach New York geflogen bist. Um aus deiner Angst heraus zu schreiben. Kuhl, du hattest immer ein Fieber in dir, und manchmal hast du mich damit angesteckt. Dann kamen die Insel-Träume. Wir beide, irgendwo alleine, Adam und Eva im Paradies. Aber dort gibt es niemanden, der deine Gedichte liest, habe ich gesagt, und du hast ganz ernst geantwortet, es reicht mir, wenn du es tust.

Der erste Mann, in den ich mich verliebte, saß in unserer Küche und aß Spaghetti.

Ich hatte die Nase voll von Hildesheim und war mit dem Zug nach Göttingen gefahren. Meiner Großmutter hatte ich einen Zettel hingelegt, wo ich bin, damit sie nicht verrückt spielte. Natürlich habe ich zu Hause nicht geklingelt. Ich habe in das Zimmer meiner Mutter geschaut und bin dann weiter in die Küche gegangen. Dort saß sie mit diesem Mann. Sie schaute mich an wie ein Gespenst. Keine Freude, dass ich plötzlich auftauchte, sondern das blanke Entsetzen. So war es. Der Mann dagegen guckte sehr neugierig, er lächelte und sagte: »Guten Tag.«
Dann eine lange Pause.

Auch wenn die Situation beklemmend war, fühlte ich mich nicht schlecht, im Gegenteil, ich fühlte mich sehr überlegen; die Befangenheit meiner Mutter gab mir wieder einmal recht, ich hatte ausquartiert werden müssen, damit sie Männer in die Wohnung holen konnte.

Sie räusperte sich: »Warum hast du nicht Bescheid gesagt, dass du kommst? Ist etwas mit der Omi? Habt ihr euch gestritten? Möchtest du etwas essen?«

»Bin ich hier nicht zu Hause«, fragte ich, »darf ich nicht einfach nach Hause kommen? Und wer« – ich überlegte, sollte ich den Mann siezen oder duzen – »bist du, wer sind Sie?«

Er lächelte, nicht verlegen, eher amüsiert. Ihm schien die Bredouille, in der meine Mutter steckte, zu gefallen. Er fixierte mich mit seinem Blick, was mich verunsicherte, ich konnte diesem Blick nicht standhalten, und ich konnte ihn nicht deuten, nahm er mich als trotziges Kind oder als Mädchen oder vielleicht sogar als Frau wahr?

»Das ist Johannes«, sagte meine Mutter. »Er ist Schauspieler, ein guter Kunde von Arno, und« – der Mann schaute meine Mutter an, und sein Lächeln wurde jetzt süffisant – »ich habe ihn zum Abendessen eingeladen. Das Essen wird kalt. Es ist genug da, möchtest du?«

»Ja«, sagte ich und setzte mich an den Tisch. Neben ihn. Ich hätte mich lieber ihm gegenübergesetzt, aber das war der Platz meiner Mutter. Und jetzt soll sie mich bedienen, dachte ich, selber schuld, ich mache nichts.

Der Mann, Johannes, wandte sich zu mir. »Und wer bist du?«

»Ich bin Maria, die Tochter meiner Mutter.«

»Ah ja.«

Meine Mutter stellte Teller, Besteck und Glas für mich auf den Tisch.

»Möchtest du Wein oder Wasser?«, fragte Johannes.

»Wasser«, antwortete meine Mutter sofort für mich und schaute Johannes dabei vorwurfsvoll an. »Willst du das Kind betrunken machen?«

»Das Kind?« Johannes lachte. »Ein schönes Kind.«

Meine Mutter beschäftigte sich mit den Spaghetti, die im Topf verklebt waren.

Spaghetti Carbonara war eines meiner Lieblingsgerichte, aber ich konnte mich nicht darüber freuen, ich war abgelenkt. Johannes war eindeutig jünger als meine Mutter. War er ihr Liebhaber, oder war er wirklich nur zum Abendessen gekommen?

Während meine Mutter uns den Rücken zukehrte und mit dem Essenausteilen beschäftigt war, strich Johannes blitzschnell mit dem Finger über mein Gesicht. In einer Linie, von der Stirn über die Nase über den Mund zum Kinn. »Du bist sehr schön«, flüsterte er, »wunderschön.«
Was war das? So etwas hatte ich noch nicht erlebt. Ich begann zu zittern. Noch einmal, hätte ich fast gesagt und wollte im gleichen Moment aufspringen, weil ich dachte, er verarscht mich. Ich nahm einen Schluck Wasser, mein Hals war schlagartig ausgetrocknet, ich verschluckte mich, hustete, bis die Augen tränten und der Rotz aus der Nase lief. Meine Mutter gab mir eine Serviette.

Meine Überlegenheit war dahin. Ich aß die Spaghetti, vorsichtig, würgte Nudel für Nudel hinunter, und versuchte, meine Anspannung zu verbergen. Meine Mutter und Johannes plauderten über das Theater, über irgendeine Scheiß-Inszenierung von irgendeinem Scheiß-Regisseur, ich hatte keine Ahnung, wovon sie redeten, aber sie waren plötzlich ganz locker oder vielleicht auch nicht, ich war zu durcheinander, um irgendetwas zu verstehen.

Und sein Bein, berührte es zufällig mein Bein, oder was war da los unter dem Tisch? Ich schaute zu ihm, schaute zu meiner Mutter, sie waren vertieft in ihr Theatergespräch, also war es nur ein zufälliges Bein-Zusammenstoßen, aber es wiederholte sich, und ich dachte, bei manchen Menschen zeigt sich die Nervosität im Verborgenen. Über dem Tisch wirkte er ganz ruhig, überhaupt nicht verzappelt, nur unter dem Tisch konnte er seine Zuckungen offensichtlich nicht kontrollieren.

Meine Mutter lachte, während sie redete, ein paarmal laut auf. Dieses Lachen kannte ich nicht von ihr. Es war schrill und affektiert. Hatte sie sich in der Zeit, seitdem ich bei der Oma wohnte, so verändert, oder war es ein Lachen für Johannes? War etwas zwischen den beiden, oder wollte meine Mutter, dass etwas wäre?

Ich stand auf, räumte meinen Teller in die Spüle und sagte zu den beiden, ich bin gleich zurück.

»Maria«, rief meine Mutter mir hinterher. »ist alles in Ordnung?«

Was für eine blöde Frage, dachte ich und ging in meine Kammer. Ich setzte mich auf das unbezogene Bett. Meine Mutter mit ihrem peinlichen Gekicher schob ich sofort beiseite, mich beschäftigte meine eigene Verwirrung. Da fährt der Typ mir einmal mit dem Finger übers Gesicht, und ich fange an zu zittern, kriege Herzklopfen, wenn er aus Versehen an mein Bein stößt. Dabei sah er nicht einmal besonders gut aus. Trotzdem wusste ich im ersten Moment, als ich ihn am Küchentisch sitzen sah, dass irgendetwas zwischen uns ist, sein wird. Hass oder Liebe.

Du machst aus allem ein Drama, hatte meine Mutter oft zu mir gesagt. Ja und? Sie hat mir eben immer den Stoff dazu geliefert.

Und vielleicht wollten wir jetzt den gleichen Mann.

So viel wusste ich, als ich in die Küche zurückging.

Meine Mutter hatte inzwischen den Tisch abgeräumt. »Möchtest du auch Eis?«, fragte sie.

Ich nickte und setzte mich wieder neben Johannes.

Er sagte etwas, leise. Ich verstand ihn nicht und rückte näher an ihn heran.

»Wie bitte?«

»Ich wollte wissen, ob du gern in Hildesheim bist.«

»Nein. Es geht.«

»Wir haben nächste Woche ein Gastspiel im Hildesheimer Stadttheater. Magst du kommen?«

»Wie bitte?« Hatte sich jetzt meine Verwirrung auch auf die Ohren gelegt?

Meine Mutter kratzte am Eisblock herum.

»Du hast es doch verstanden«, flüsterte er. »Nächsten Freitag. Ich lasse dir an der Abendkasse eine Karte zurücklegen. Warte nach der Aufführung am Bühneneingang auf mich.«

Meine Mutter portionierte und dekorierte das Eis.

Freitag. Gastspiel. Theater. Abendkasse. Und dann? Was dann? Ich musste gegen mein Herzklopfen andenken. Ich hätte ihn fragen können, welches Stück, welcher Autor, ich hätte ganz normale Fragen stellen können, aber sie fielen mir nicht ein. Sie fielen mir nicht ein, weil es mich überhaupt nicht interessierte, welches Stück, welcher Autor gespielt wurde. Nur: Und dann? Was dann?

Ich war froh, als meine Mutter die Schälchen mit dem Eis auf den Tisch stellte.

Kuhl, bist du im Bilde? Kannst du dir vorstellen, wie es weiterging? Kannst du dir vorstellen, wie ich die Woche bis zu diesem Freitag zugebracht habe? Nein, ich glaube, das kannst du nicht.

Johannes verabschiedete sich bald nach dem Dessert. Kein Wort mehr über das Theater, über unsere Verabredung, ja, so hatte ich das abgespeichert, UNSERE VERABREDUNG. Alles lief unterkühlt ab, was nicht am Eis lag, das meine Mutter so kunstvoll mit Erdbeersauce-Spritzern verziert hatte, sondern daran, dass jeder von uns dreien versuchte, ungeschoren aus der Situation herauszukommen.

Als ich mit meiner Mutter allein war, fragte ich sie, ob Johannes ihr Lover sei.

Sie zog langsam die Kämme aus ihrem Haar und schnaubte vor sich hin.

Dann sagte sie: »Johannes lässt sich Anzüge bei Arno fertigen, er ist ein guter Kunde, und er ist ein guter Schauspieler, außerdem ist er sehr nett, charmant und hilfsbereit.« Sie legte die Kämme auf ihren Schoß und knetete das Haar mit den Händen.

Meine Mutter. Die Haare, das Gesicht, der Körper. Fünfzig ist ätzend alt, dachte ich. Wie alt mochte Johannes sein? Zehn Jahre jünger? Mehr. Oder vielleicht auch weniger. Mir war es egal. Ein schönes Kind. Ich spürte die Linie, die er durch mein Gesicht gezogen hatte.

»Gefällt er dir?«, fragte meine Mutter, weiter ihre Haare knetend.

So war sie. Sie verweigerte die Antwort, oder sie antwortete mit einer Gegenfrage. An dieser Mauer habe ich mir den Kopf eingerannt. Immer wieder.

Dafür hasste ich sie.

Lächerlich, sich meine Mutter mit Johannes vorzustellen. Absolut lächerlich.

An der Kasse lag eine Karte für mich. Es lag wirklich eine Karte für mich an der Kasse. Unglaublich. Nicht die erste Reihe, aber ziemlich weit vorne in der Mitte. Ein guter Platz. Ich war ganz ruhig. Jetzt endlich war ich ruhig. Alles war heruntergefahren. Die Tage bis zu UNSERER VERABREDUNG waren allerdings furchtbar gewesen. In der Schule war ich so unkonzentriert, dass die Lehrerin mich fragte, ob ich krank sei, und ich überlegte in der Tat, ob ich mich krankmelden und ins Bett verkriechen sollte. Ich flatterte hin und her, malte mir unsere Begegnung aus, sah mich in seinen Armen, sah mich gleichzeitig abgewiesen von diesem mokanten Lächeln, sah mich wartend am Bühneneingang stehen, alleine, bis zum Blauwerden, er würde nicht kommen, oder würde kommen und »Guten Abend« sagen und mit seinen Kollegen weiterziehen, so ist das doch mit Schauspielern.

Erst als ich das Theater betrat und an der Kasse meinen Namen nannte und nach einer Karte fragte und die Frau mir die Karte reichte, eine Karte, auf der mein Name stand, da fiel diese Anspannung von mir ab. Als hätte mir jemand eine Spritze verpasst. Alles fühlte sich plötzlich wattig und warm an, ich war wie betäubt. Als ich an der Garderobe einen Blick in den Spiegel warf, passierte noch etwas Verblüffendes. Ich gefiel mir, oder richtiger: Mir gefiel das Mädchen im Spiegel. Das bin ICH, dachte ich, und wenn ich ein Mann wäre, würde ich mich in mich verlieben.

So albern und verrückt kann man in diesem Alter sein, Kuhl, oder so blind und sehnsüchtig. Ich wollte diesen Mann Johannes, ich hatte ihn auserkoren, für mich, aber auch gegen meine Mutter. Ja, dieser Triumph loderte seit der heimlich getroffenen Verabredung in mir, ihr wollte ich es beweisen. Ich bin besser als du. Hier ist meine Rache.

Ich saß in der fünften Reihe, Mitte. Ich schaute auf die offene leere Bühne. Dann wurde es plötzlich für einen Moment dunkel. Man ahnte Bewegungen auf der Bühne, sah aber nichts. Plötzlich ein Scheinwerferstrahl, der auf zwei Männer gerichtet war. Der eine Mann saß, der andere stand. Wer war Johannes? Keiner von beiden, das war klar, als sich meine Augen an das Licht gewöhnt hatten. Der sitzende Mann wurde von dem anderen, jüngeren, rasiert. In der nächsten Szene, wieder gab es auf der offenen Bühne einen Lichtwechsel und huschende Bewegungen, sah man den jüngeren Mann mit einem anderen Mann irgendetwas arbeiten. Auch dieser andere Mann war nicht Johannes. Dann zwei Frauen, die mehrere komisch bekleidete Männer beobachteten. Der jüngere Mann aus der ersten Szene kam dazu. Vielleicht war das doch Johannes? Sah er auf der Bühne, man kann ja alles zurechtschminken, einfach nur viel jünger aus als in der Küche am Tisch? Dann trat ein weiterer Mann auf, ein Arzt offensichtlich, aber das konnte auf keinen Fall Johannes sein, ein ganz anderer Typ, viel zu alt und viel zu dick. Ich wurde ungeduldig, schließlich war ich gekommen, um Johannes zu sehen. Auf das Stück konnte ich mich nicht konzentrieren, mir fiel nur auf, dass die Frau, die am Ende tot ist, Marie heißt und dass sie genauso lange schwarze Haare hatte wie ich. Und dass sie, nicht diesem Franz, der sie besuchte, sondern einem anderen – und das war endlich Johannes – schöne Augen machte. Ich erkannte ihn sofort, als er auftrat. Meine Ruhe war dahin. Durch die dicke Watte spürte ich mein Herz klopfen. Er hatte es auf diese Marie abgesehen, und es war, als er sie um die Taille fasste und an sich heranzog, als würde er nach mir greifen. Die Szenen, in denen er mitspielte, waren sehr kurz, und ich bekam das, was sonst auf der Bühne passierte, nicht richtig mit, weil ich gierig auf seinen nächsten Auftritt wartete. Es gab aber nur noch eine Prügelszene zwischen ihm und diesem jungen Mann, danach tauchte er nicht mehr auf.

Das Stück endete schrecklich trostlos. Der junge Mann, Franz, brachte die schöne Marie um. Er hatte sich ein Messer gekauft. Er war rasend vor Eifersucht. Der andere, der, den Johannes spielte, war ein richtig imposanter Mann. Ich verstand die Eifersucht von Franz. Franz war ein armes Würstchen.

Die Schauspieler kamen nach dem ersten Applaus auf die Bühne, fassten sich an den Händen und traten vor, um sich zu verbeugen. Ich schaute ganz fest auf Johannes, in der Hoffnung, dass er mich sehen würde, aber sein Blick war ins Publikum gerichtet, irgendwohin. Das Verbeugen, Vor- und Zurücktreten der Schauspieler wiederholte sich ein paarmal, dann fiel der Vorhang, und die Besucher strömten hinaus.

Ich stand vor dem Theater und wusste nicht, wohin. Wo sollte der Bühneneingang sein? Stehenbleiben und warten, das schien mir sinnvoller, als um das Haus herumzulaufen und ihn womöglich zu verpassen.

Es war dunkel und einsam vor dem Theater, die Hildesheimer waren nach Hause geeilt. Ich gab ihm noch eine Minute, zwei, höchstens fünf. Und schon kam er um die Ecke geschlendert.

Er lachte, als er mich sah, und breitete die Arme aus. Wir hatten doch den Bühneneingang verabredet, sagte er, und bevor ich losjammern konnte, fasste er mich, wie eben auf der Bühne Marie, um die Taille und küsste mich auf den Mund.

»Hat es dir gefallen?«, fragte er. Ich nickte und versuchte, mich aus seiner Umarmung zu lösen, weil ich nicht wollte, dass er mein Herzklopfen spürte. »Wir fahren gleich mit dem Bus zurück«, sagte er, »ich kann dich nicht einmal nach Hause bringen, wir treffen uns ein anderes Mal, ich ruf dich an, okay?« Er fuhr mit dem Finger über mein Gesicht, genauso wie in der Küche.

»Du Schöne«, sagte er. »Wir sehen uns. Bald.« Er küsste mich noch einmal auf den Mund.

Was hatte ich erwartet? Ich ging und drehte mich nicht um, als er meinen Namen rief.

Ein guter Mord, ein echter Mord, ein schöner Mord. So oder so ähnlich endete das Stück. Johannes hatte mich verarscht. Und ein Arsch kam mir auf der Straße entgegen, stellte sich vor mich und sagte: »Na? Na? Wie sieht's aus? Hä?«

Wenn ich ein Messer dabeigehabt hätte, ich hätte es ihm in die Rippen gestoßen.

»Hau ab«, schrie ich ihn an, »fick dich selbst.«

Ich hatte, als ich mich in Johannes verliebte, Erfahrungen mit Jungs, nicht mit Männern. Der Erste, mit dem ich geschlafen hatte, war sechzehn, eine unbeholfene Angelegenheit, wie sollte es anders sein. Erinnerst du dich, Kuhl? Du hast mich ausgefragt. Wie war dein erstes Mal, was war das für einer, warst du verliebt, war es nur aus Neugier, hat es wehgetan und so weiter. Ich habe dir alles im Detail erzählt. Dann haben wir im Bett die Szene nachgestellt. Es war sehr lustig. Erinnerst du dich, Kuhl?

Kuhl –

Die Geschichte mit Johannes war zweischneidig. Ich war in ihn verliebt, himmelhochjauchzend, aber ich wollte auch in ihn verliebt sein, weil er ein Freund oder sonst was meiner Mutter war. Was das wirklich für eine Beziehung war, habe ich nie genau ergründen können – war sie mit ihm im Bett, wollte sie mit ihm ins Bett, keine Ahnung, sie antwortete ja nie auf meine Fragen. Johannes schwieg diskret. Ich habe ihn einmal gefragt, da hat er nur gegrinst.

Ich hatte dir von meinem ersten Mal erzählt, Kuhl, mehr nicht. Alles andere hatten wir ausgespart. Aber jetzt ist eine andere Zeit, ein anderes Leben.

Hat man mehrere Leben, einszweidrei? Mir kommt es so vor. Mir kommt es auch so vor, als sei ich eine, zwei, drei Personen. Und warum ich diese einszweidrei Leben, diese Personen zu dir schicke, warum ich das alles vor dir ausbreite, ausgerechnet vor dir – was weiß ich. Vielleicht scheitert der Versand dieses Briefes wieder an einem perversen Postbeamten, oder ich werfe alles in den Schredder, wir haben zwei in der Sparkasse, und manchmal bekomme ich Lust, 100-, 200- oder 500-Euro-Noten hineinzustecken. Einfach so.

Johannes kam mit dem Auto nach Hildesheim, und wir machten einen Ausflug in den Hildesheimer Wald nach Diekholzen. Und irgendwo da, irgendwo an einer schönen abgelegenen einsamen Stelle fiel er im Auto über mich her. Es war wirklich ein Überfall, ich dachte, wir gehen in den Wald spazieren, aber kaum hatte ich den Sicherheitsgurt gelöst, war er schon mit seinen Händen unter meinem Pullover und mit seinem Mund an meinen Brüsten, und ich wollte es dann auch. Alles andere war unwichtig. Irgendwie ging es. Im Auto auf den Sitzen. Und es war gut.

Es war gut, Kuhl, nur hinterher wusste ich nicht, was ich mit meiner Verliebtheit und mit meinem Triumph anfangen sollte.

Ich platzte vor Stolz und Glück, schämte mich aber gleichzeitig zutiefst für das Verhältnis zu einem Mann, von dem ich vermutete, dass er der Liebhaber meiner Mutter war. Ein mieses Gefühl, das mich klein machte, das mich fiebern und fantasieren ließ, ich träumte von Katastrophen, die immer mit dem Tod vieler Menschen, der Auslöschung ganzer Städte endeten. Ich glaube, ich traute mich nicht, einfach nur meine Mutter umzubringen, es mussten alle dran glauben, sie war nur eine unter vielen. Ich hatte keine Verantwortung dafür.

Und dann war der Tod ganz real. Stand vor der Tür in Hildesheim, nahm mich in den Arm und sagte: »Der liebe Gott hat sie zu sich geholt.«

Es war die Nachbarin, die die Oma morgens ins Krankenhaus gefahren hatte.

Und plötzlich: tot. Nur weil ihr ein bisschen schwindlig war. Ich konnte mir nichts unter tot vorstellen, die Nachbarin sagte ja auch nicht tot, sie sagte: «Der liebe Gott hat sie zu sich geholt.« Ich dachte, er wird sie kurieren von ihrem Schwindel und sie dann wieder herunterschicken, schließlich wohnt sie hier und nicht da oben. Ich saß mit der Nachbarin im Wohnzimmer und hörte mir ihre Sätze an. »So einen Tod kann man sich nur wünschen. Besser als eine lange Leidenszeit. Der liebe Gott hat es gut mit ihr gemeint. Sie hatte ein schweres Leben. Und doch einen leichten Tod. Das ist die Weisheit Gottes. Er sorgt für Ausgleich. Es geht ihr bestimmt gut.«

Ich hörte genau zu. Vor allem, dass er für Ausgleich sorgt, das imponierte mir. Dann soll er mal. Plötzlich war meine Mutter im Zimmer. Wie eine Erscheinung. Die Nachbarin stand auf, sprach meiner Mutter ihr Beileid aus und wischte sich die Tränen aus den Augen. Meine Mutter nahm erst mich, dann die Nachbarin in den Arm.

Dann sagte sie: »Wir müssen uns jetzt kümmern.«

»Ja«, sagte die Nachbarin, »es gibt viel zu tun, wenn jemand stirbt.«

Es kamen viele Menschen zur Beerdigung, mehr, als ich erwartet hatte. Bekannte, Nachbarn aus der Siedlung, ehemalige Kollegen aus dem Büro. Meine Mutter flüsterte manchmal in mein Ohr, das ist der oder die. Mit einigen Trauergästen wechselte sie ein paar Worte, anderen nickte sie zu.

Meine Großmutter hatte mir einmal erzählt, dass meine Mutter mich nicht taufen lassen wollte, aber sie habe darauf bestanden; wenn schon keinen Vater, dann wenigstens einen Gottvater. So hätte sie es bei ihrer Tochter gehalten und so sollte ihre Tochter es mit ihrem Bankert auch halten. Zur Not sei nach dem Taufwasser für das Leben und für den Tod dann eben der Pfarrer da.
»Weißt du, was ein Bankert ist?«, fragte sie mich. Ich wusste es nicht. »Ich war verheiratet«, sagte die Großmutter, »meine Tochter – deine Mutter – ist kein Bankert. Auch wenn der Vater vor ihrer Geburt abgehauen ist. Es hatte alles seine Ordnung. Du aber bist ein uneheliches Kind, ein Bankert eben. Aber immerhin ein getauftes.«
Als meine Großmutter mir das erzählte, war ich sofort wütend auf meine Mutter. Hätte sie sich durchgesetzt, wäre ich nicht getauft und also nicht konfirmiert worden, wäre damit auch nicht in den Genuss der Konfirmations-Geschenke gekommen, die zwar nicht großartig waren, die aber ein bisschen Geld eingebracht hatten, das ich eisern auf meinem Sparkonto verwahre.
Sie war nicht so schlecht, meine Oma, die nun im Sarg lag. Ich hatte keine Probleme mit ihr, sie redete mir weniger in meine Sachen hinein als meine Mutter.
Johannes war zweimal in Hildesheim gewesen. Natürlich hatte ich ihr nicht gesagt, mit wem ich mich traf, und sie hat nicht weiter gefragt, nicht einmal als ich spät nach Hause kam.

Vielleicht war ihr auch alles egal, vielleicht hatte der Todeswurm schon in ihr genagt.

Ich sang mechanisch mit den anderen »Großer Gott, wir loben dich«, aber meine Gedanken sprangen hin und her. Was wird mit ihrem Häuschen? Würden wir beide, meine Mutter und ich, nach Hildesheim ziehen? Hatte die Großmutter Geld gespart? Würde meine Mutter mir davon etwas abgeben? Lauter Fragen, auf die ich keine Antworten wusste. Zwischendurch schaute ich mir die Trauergäste an. Die meisten waren in sich versunken, aber manchmal traf ich auf einen wachen Blick, und ich dachte, noch einer, der mit seinen Gedanken nicht bei der Großmutter und beim lieben Gott ist, sondern irgendwo anders.

In einer der hinteren Bänke entdeckte ich ein altes Paar, zu dem ich mich immer wieder umwenden musste. Meine Mutter zupfte mich am Mantel und machte mir Zeichen, dass ich ruhig sitzen und nach vorn schauen sollte. Ihr böses strenges Gesicht erlaubte mir keine weitere Bewegung. Ich war mir aber sicher, dass das Paar auch auf mich aufmerksam geworden war. Ich hätte meine Mutter gerne gefragt, ob sie das Paar kenne, traute mich aber nicht, in der andächtigen Atmosphäre zu flüstern.

Und so stellte ich mir vor, mein Großvater säße mit seiner Frau auf der Bank.

Als die Trauerfeier beendet war und der Sarg hinausgetragen wurde, blieb ich hinter meiner Mutter zurück, um auf das Paar zu warten. Es kam nicht. Offensichtlich hatte es die Aussegnungshalle gleich nach dem Glockengeläut verlassen.

Ich war plötzlich sicher, dass der Mann mein Großvater war.

Meiner Mutter konnte ich damit nicht kommen. Ich nahm mir vor, mich mit der Familiengeschichte zu beschäftigen. Später. Nicht zu spät. Aber auch nicht gleich. Erst einmal musste ich wissen, was meine Mutter vorhatte. Mit uns beiden.

Es war nicht leicht, das Häuschen zu vermieten. Zu klein für eine Familie. Und wer wollte schon in dieser spießigen Siedlung leben. Schließlich fand sich doch ein älteres Ehepaar, das glücklich über das Häuschen war.

Ich war wieder nach Göttingen gezogen, zurück in meine kleine Kammer.

Heute lebt meine Mutter in dem Hildesheimer Häuschen. Versorgt von Pflegepersonal.

Möglicherweise lande ich später auch einmal dort, aber wer zahlt meine Demenz? Peer? Doch nicht Peer. Aber vielleicht ist sein Coup wirklich supersicher. Ich würde zumindest das Geld gut und supersicher anlegen.

Kuhl, wie lebst du eigentlich? Ich habe deine Adresse, mehr habe ich nicht, mehr weiß ich nicht. Und es ist schon fünf Jahre her, dass du sie mir gegeben hast, in München, schnell auf das Tischchen gelegt, bevor du gegangen bist. Wie ein Freier, aber statt der Euros eine Visitenkarte. Wir hätten uns anrufen können, wir hätten uns sogar richtige Briefe schreiben können. Oder?

Wir hätten uns auch treffen können. Zufällig, wie in München. In Berlin trifft man alle. Jeder ist irgendwann in Berlin. Nicht unbedingt in Wedding auf der Prinzenallee, obwohl selbst da Touristen herumlaufen. Wenn ich in Mitte bin, ruft mit Sicherheit einer: »Hallo Maria!«. Freunde aus der Schulzeit, Freunde aus der Kneipenzeit, Bekannte meiner Mutter, alle pilgern sie nach Berlin. Ich lebe hier, aber ich lebe nicht gerne hier. Hamburg würde mir besser gefallen. Aber in Hamburg bist du, Kuhl. Ich habe auch schon überlegt, nach Göttingen zurückzugehen oder nach Freiburg. Oder ganz woanders hin. Nach Paris oder nach London oder nach Barcelona. Oder ein neues Leben in New York zu beginnen. Ich weiß es nicht. Eigentlich ist es mir egal, wo ich lebe, zu Hause fühle ich mich nirgends.

Das Ausräumen des Häuschens nahm viel Zeit in Anspruch. Mehrere Wochenenden gingen für das Entrümpeln drauf.

Es entstand eine seltsame Situation zwischen mir und meiner Mutter. Beide waren wir auf der Suche nach Familiengeschichten, nach Fotos, nach Briefen, nach Dokumenten. Jeder für sich. Sie hielt Ausschau nach ihrem Vater, ich hielt Ausschau nach meinem Großvater. Da das Wort VATER aber mit einem Tabu belegt war, sprachen wir nicht darüber, kein Wort. Und ich hatte es längst satt, sie mit Fragen zu provozieren. Ich merkte an vielen Kleinigkeiten, die Art zum Beispiel, wie sie Fotos betrachtete oder Dokumente studierte, dass sie auf der Jagd war, endlich erlöst von dem Verbot und dem Fluch, einen Gedanken an den Teufel zu verschwenden, der sie gezeugt und ihre schwangere Mutter verlassen hatte.

»Er war bei der Trauerfeier«, hätte ich gerne zu meiner Mutter gesagt. »Es kann nicht schwierig sein, seine Adresse herauszufinden. Gehen wir beide zu ihm.«

Nein. Das wäre nicht möglich gewesen. Nicht mit meiner Mutter. Ich gehe allein zu ihm, das hatte ich mir damals vorgenommen. Und steckte ein Foto, das meine Mutter noch nicht entdeckt hatte, in meine Tasche. Es zeigt meine junge Großmutter und meinen jungen Großvater, mit versteinerten Gesichtern in die Kamera blickend.

Johannes hatte sich in Luft aufgelöst. Er meldete sich nicht, und ich wollte meine Mutter nicht nach ihm fragen. Ich wusste nicht, ob sie etwas wusste, und der Zeitpunkt schien mir nicht der richtige, um meinen Triumph auszuspielen. Sie versuchte, es sich nicht anmerken zu lassen, aber der Tod meiner Großmutter, auch das Ausräumen des Häuschens, hatten sie sehr mitgenommen.

Ich nahm das wahr, ich sah ihren Schmerz, spürte auch die Trauer, die sie wie ein Geruch umgab. Wie Friedhofsgeruch, so kam es mir vor, sie hatte den Geruch des Grabes mit sich nach Hause getragen.

Ich selbst empfand keinen Schmerz, ich war traurig, weil alle um mich herum traurig waren oder mir, sobald sie mich sahen, mit traurigen Gesichtern ihr Beileid aussprachen. Die gedrückte Stimmung war für mich nur äußerlich. Ich hatte die Oma gern gehabt, aber ob sie nun da war oder nicht da war, das spielte für mich erst einmal keine Rolle. Was tot sein bedeutet, wusste ich damals noch nicht. Innerlich war ich voller Aufregung und vor allem Neugier auf das, was die Abwesenheit der Großmutter zutage fördern würde. Einen Großvater vielleicht, Geld vielleicht, irgendetwas Überraschendes, vielleicht Geheimnisvolles. Ich war mit Geheimnissen aufgewachsen, mit Lügen, mit unaussprechbaren Worten. Wenigstens der Tod, dachte ich, zieht mal kurz die Decke weg und zeigt, wie oder was ein Mensch war.

Als wir uns in der Göttinger Wohnung wieder im Alltag eingerichtet hatten, kam meine Mutter beim Abendessen auf Johannes zu sprechen.

»Erinnerst du dich an Johannes, an den Schauspieler?«, fragte sie.

Ich war so verblüfft über ihre Frage, dass ich nichts sagen konnte. Was ist das für ein Trick, überlegte ich, auf welches Glatteis will sie mich führen?

»Er ist ans Kölner Theater gegangen«, sagte sie, offensichtlich keine Antwort von mir erwartend. »Die Kölner wollten ihn für eine bestimmte Rolle und haben ihn dann sofort fest engagiert. Und so ist er von heute auf morgen dahin gezogen.«

»Ah ja.«

Es war ein heilloses Durcheinander in mir, und ich wusste nicht, wie ich dieses Gefühlschaos sortieren sollte. Johannes abgehauen, das bohrte, das tat richtig weh, es machte mich rasend innendrin, auch, dass ich nicht wusste, was meine

Mutter wusste und ob sie vielleicht irgendwie etwas mit Johannes' Umzug zu tun hatte.

Ich ging auf die Toilette. Als ich zurückkam, schaute meine Mutter mich fragend an, als wäre es etwas Ungewöhnliches, auf die Toilette zu gehen.

»Was guckst du mich so an?«, sagte ich.

Sie antwortete nicht.

Ich schrie. »Diese ganze Beerdigung und diese himmelschreiende Lügerei mit dem Großvater. Das nervt. Verstehst du? Das nervt absolut.«

Meine Mutter schwieg.

In mir brodelte der Hass. ALLES wurde mir verweigert, der Vater, der Großvater, der Mann, der mich schön fand und der gesagt hatte, dass er mich will mit Haut und Haar, der geflüstert hatte: »Maria, meine große, überraschende Liebe.«

Meine Mutter war es. Sie war es, sie hatte das alles in der Hand, sie zog die Fäden, und ich überlegte, ob ich das Messer nehmen und sie zwingen sollte, Antworten auf meine Fragen zu geben. Sinnlos, dachte ich sofort, ich müsste die Antworten aus ihr herausschneiden, aber wo, wo sitzen die Antworten? In der Brust, im Kopf, im Bauch? Ich prüfte ihren Körper, von oben bis unten, und meine Mutter sagte plötzlich: »Was starrst du mich so an, was ist los mit dir?«

Wo beginnen? Wo konnte ich sie verletzen, wo sie spüren lassen, dass alles ihre Schuld war. Ich könnte zu ihr sagen: »Übrigens ist Johannes ein ziemlich guter Liebhaber, findest du nicht auch?« Ich wollte sie treffen, ins Herz oder in den Unterleib, aus dem ich nicht herausgewollt hatte, das hättest du dir und mir ersparen können, aber jetzt bin ich da. Und es ist ein Scheißleben mit so einer Mutter, das kannst du mir glauben.

»Maria.«

Sie unterbrach mich in meinen Gedanken, sagte noch einmal: »Maria, was ist mit dir los?«

Meine Augen füllten sich mit Tränen. Ich rannte in meine Kammer.

Zum Glück kann ich dir nicht beim Lesen zuschauen, Kuhl. Zum Glück nicht dein Gesicht sehen und deine Reaktionen (Abscheu, Empörung, Verachtung, noch schlimmer: Langeweile). Vielleicht hast du meinen Brief aber schon längst in den Müll geworfen oder verbrannt – Ich stelle mir vor, du sitzt immerzu vor einem Kamin, in dem das Feuer prasselt! Frag mich nicht, warum. Doch, frag mich, wenn du bis hierher gelesen hast. Ich antworte dir.

In einer unserer Mansardennächte (immer war es zu kalt oder zu warm), in einer dieser lausekalten Winternächte hast du mir vorgeschwärmt von dem Kamin bei dir zu Hause, von der Glut, von dem Knacken der Holzscheite, von den fantastischen Bildern, die die Flammen zaubern können, stunden-, tagelang könntest du vor dem Kamin sitzen, es entstünden, so sagtest du, die verrücktesten Ideen, und letztlich sei es das Feuer gewesen, das dich habe erkennen lassen, dass du zum Dichter berufen seist.

Ich habe dich manchmal für etwas überspannt gehalten, Kuhl. Und das Gejauchze über den Kamin, das gehörte zu diesen euphorischen Ausbrüchen, die dich manchmal überkamen. Ich habe sie meistens kommentarlos hingenommen, ich liebte ja den Dichter.

Damals, in dieser lausekalten Winternacht, sagte ich: »Ich mag Lagerfeuer lieber.«

Lagerfeuer? Das Wort brachte dich ins Schleudern, wieso Lagerfeuer, ich rede von unserem Kamin.

Aber ein Lagerfeuer unter freiem Himmel – du ließest mich nicht ausreden. Wieso kommst du mit einem Lagerfeuer, wenn ich dir erkläre, wie wichtig das Feuer im Kamin für meine Gedichte ist. Lagerfeuer!!! Himmel!!! Und dann hast du plötzlich gelacht, hast mich in den Arm genommen und mich mal wieder Zigeunerin genannt. Meine geliebte Zigeunerin, meine geliebte Vaginabundin.

Mir ist diese Szene im Gedächtnis geblieben, Kuhl, und natürlich das Bild: Kuhl vor dem Kamin. Der Dichter in Flammen, funkensprühend. Also, wirf meinen Brief in den Kamin. Aber warte noch, warte bis zum Ende. Ich könnte nicht weiterschreiben, wenn ich nicht die Hoffnung hätte, dass der Brief dich erreicht und von dir gelesen wird.

Ich schreibe nur für dich. Für sonst niemanden ist es von Bedeutung. Und ich sehe dich vor dem Kamin. Zu komisch, Kuhl.

Du vor dem Kamin, und überall um dich herum brennt es.

Entschuldige, Kuhl, ich kann mich nicht konzentrieren. Ich war gestern Abend mit den Kollegen zusammen, eine Geburtstagseinladung, der ich mich nicht entziehen konnte. Laura Hofmann hatte ihren Einunddreißigsten. »Jetzt gehöre ich endgültig zu den Alten«, sagte sie, »darauf stoßen wir an.«

Anna Szepannek, die mit ihren fast fünfzig wirklich alt ist und mit Laura andauernd im Clinch liegt, wollte schon absagen, beruhigte sich aber, als unser Chef, der smarte Christian Weber, ein junger Banker, der erst vor zwei Jahren, nach der Personalschrumpfung, die Leitung der Filiale übernommen hatte, ihr irgendetwas ins Ohr säuselte. Er ist, das schätze ich an ihm, immer fröhlich aufgelegt und bemüht, gute Stimmung zu machen. Unser Azubi, Patrick Steiner, behielt sich vor, eventuell etwas später zu kommen, weil er, wie er behauptete, einen unaufschiebbaren Termin habe. Er kam natürlich nicht. Die Ausrede war eindeutig. Er hat höhere Ziele, und um die zu erreichen, brauchte er keine kleinen Bankkollegen.

Laura lud uns zum Italiener ein, und wir saßen bis nach elf dort. Ich habe zu viel Wein getrunken und die anderen wahrscheinlich auch. Und wir haben viel zu viel geredet. Über die brennende Welt, aber auch über Privates. Ich hoffe, ich habe nichts über mich ausgeplaudert. Anna Szepannek ist in dieser Beziehung ganz ungeniert. Sie hat mir, während Laura und Weber in ein Gespräch über Insolvenzen vertieft waren, ihre neuesten Abenteuer geschildert.

Wenn man ihr zuhört, hat man den Eindruck, dass es nur gestörte, labile, ängstliche Männer gibt, von Sexfixierten bis zu Spezialisten für körperfernen Geschlechtsverkehr, so hat sie es ausgedrückt. Dabei, so Anna Szepannek, beginnt es meistens ganz hoffnungsvoll. Man schreibt hin und her, denkt, der Typ hat eine gute Schreibe, witzig, nicht dumm, und er klingt einigermaßen normal. Auch beim ersten Treffen fallen die Macken nicht unbedingt auf. Erst wenn es zur Sache geht, kommt der Schock. Bevor sie Details ausbreiten konnte, sagte Weber, der uns wahrscheinlich mit halbem Ohr zugehört hatte, versuchen Sie es mit einem Politiker. Die sind stinknormal.

Anna Szepannek schaute ihn perplex an und lachte dann laut auf. Laura, Weber und ich lachten mit und konnten gar nicht mehr aufhören. »Jaja«, sagte Anna Szepannek, »die sind so normal, dass es zum Himmel stinkt. Die machen nur das, was wir alle machen würden, wenn wir könnten. WENN wir könnten! Uns bleibt nur die Bank.«

Weber sagte streng: »Frau Szepannek, wollen Sie unsere kleine Bank ausrauben?«

Anna Szepannek zuckte mit den Schultern. »Ist nicht jeder Feuerwehrmann auch ein Pyromane?«

Laura kreischte hysterisch. »Genau. Das ist absolut richtig.« Sie hob ihr Glas: »Auf die Pyromanen und Bankräuber. Prost.«

Wir stießen an und tranken. Weber, nun ganz Gentleman, sagte: »Meine Damen, auf Sie und eins extra drauf für das Geburtstagskind.« Wir stießen an, prosteten uns zu, prosteten Laura doppelt und dreifach zu und leerten die Champagnergläser.

»Zum Glück«, sagte Anna Szepannek, »habe ich noch nie einen Überfall erlebt. Ich möchte keine Geisel sein.«

»Kommt auf den Bankräuber an«, gluckste Laura. Sie hatte eindeutig zu viel getrunken.

Weber sagte ganz ruhig: »Ich bin kein Held.«

»Und du?«, fragte Laura mich, »würdest du den Alarmknopf drücken, wenn einer mit der Knarre vor dir steht?« Sie nahm das Messer vom Tisch und fuchtelte vor meinem Gesicht damit herum. Bummbum.

Anna Szepannek schob Lauras Hand mit dem Messer zur Seite und zischte sie an: »Vorsicht, Frau Hofmann, passen Sie auf.«

Für einen Moment sah es so aus, als könnte die Situation eskalieren, doch da war der ausgleichende Weber. Er nahm Laura das Messer aus der Hand und sagte: »Banküberfälle sind angesichts der vielen Sicherheitsmaßnahmen stark zurückgegangen. Das riskieren nur noch Irre oder verzweifelte arme Schlucker, und die hat man schnell im Griff, viel gefährlicher sind messerwerfende Frauen, oder?« Er schaute in die Runde und lachte laut auf. Damit war das Thema zum Glück erledigt.

Ich war sehr froh darüber, denn eine Sekunde lang dachte ich, sie wissen etwas, sie stellen mich auf die Probe.

Als ich nach Hause kam, schlief Peer schon. So kam ich gar nicht erst in Versuchung, ihm von dem Abend und dem Bankräubergespräch zu erzählen. Ich muss ihn von seinem supersicheren Coup abbringen, unbedingt. So ein Blödsinn, so ein totaler Blödsinn.

Wie verdammt schwer es war, nicht andauernd an Johannes zu denken. Und dieses An-ihn-Denken zeigte auf der Richter-Skala mal eins, mal zwei, mal drei, mal sechs an, bei vierkommafünf sperrte ich mich in meiner Kammer ein. Entschuldige den Vergleich, Kuhl, aber mir war damals so. Ich fühlte mich von allen verlassen, von allen wie Dreck behandelt, ich war offensichtlich keine Person, kein Mensch, ich war eine, die man nicht wahrnimmt, unwichtig, ein Nichts, keiner Rede, keiner Beachtung wert. Ich bebte zwischen Sehnsuchts- und Rachegefühlen. Ab sechskommafünf wollte ich mir das Leben nehmen. Aber wer hätte mich vermisst, wer hätte um mich getrauert? Sag jetzt nicht, ICH! Dich gab es damals noch gar nicht, Kuhl. Und auch du hast mich verlassen. Zehn Jahre später.

Die Selbstmordgedanken heizten den Hass an, auch den Selbsthass, denn ich hatte Angst vor dem selbstmörderischen Tod, weil ich nicht wusste, wie man sich GEFAHRLOS umbringt.

Die Mutter einer Schulfreundin war aus dem Fenster gesprungen, fünfter oder siebter Stock, ich weiß es nicht mehr genau, sie überlebte den Sprung und saß dann im Rollstuhl. Mit vielen Behinderungen. Ihr Gesicht war verzogen, schief irgendwie, ein Auge geschlossen, wie zugeklebt, der rechte Arm hing leblos an ihr herab; das war nur das, was man auf den ersten schnellen Blick wahrnahm, und das war schon ein unendlich trostloser Anblick.

Dieses Bild sah ich immer vor mir, wenn ich die möglichen Todesarten durchging. Wenn das Beben nachließ, erwachte mein Trotz, nein, ich werde ihnen nicht den Gefallen tun, freiwillig zu verschwinden, dachte ich, ich werde ihnen das Leben, IHR Leben, zur Hölle machen.

Johannes wollte ich in Köln überraschen, ihn konfrontieren mit mir, im Theater oder nach dem Theater, auftauchen wie ein Geist, wie ein böser Geist. Ich malte mir einen grandiosen Auftritt aus, nur reichte meine Fantasie nicht, um mir auch die entscheidende Verwandlung vorzustellen, denn das Ganze hatte ja nur einen Sinn, wenn am Ende die Umarmung, die Liebe stand.

So viel war mir, wenn die Raserei sich beruhigt hatte, schon klar, meine Hass- und Rachegefühle hatten ein heimliches Ziel.

Ich hatte diese Welt nicht betreten wollen, aber weil ich nun einmal da war, sollte man das auch, verdammt, akzeptieren. Oder SEHEN.

Meine Mutter jedenfalls sah nichts, sie war blind und taub, was mich betraf. Nur wenn es um sie ging, war sie sofort auf dem Sprung, bereit, sich ihre Vorteile zu erkämpfen oder auch, je nach Herausforderung, sich zu unterwerfen. Das war für mich das Schlimmste, dieses Sich-Kleinmachen, schlimmer als ihre Herrschsucht, ihre Rechthaberei, ihr Schweigen.

Ihr Beruf, ihre Abhängigkeit von den Kunden, erforderte natürlich Freundlichkeit und Entgegenkommen. Insbesondere die Frauen, die zu ihr kamen, waren oft nicht nur sehr eitel, sondern auch ausgesprochen zickig. Als sei meine Mutter verantwortlich für die Fettwülste, die sie sich angefressen hatten. Die Schneiderkunst sollte alles wegzaubern, und wenn das nicht gelang, weil die Unförmigkeit dieser Körper eben nicht mehr zu kaschieren war, dann lag es an den mangelnden Fertigkeiten meiner Mutter. Vorwürfe solcher Art, nicht in dieser Direktheit, aber doch dem Sinn nach, hatte ich gehört, wenn ich lauschend an der Tür stand oder, weil es mich interessierte, welche dieser Zicken gerade zur Anprobe da war, unter einem Vorwand (vorher anklopfend!) ins Zimmer trat. Dann sah ich meine Mutter, kniend, Zentimetermaß um den Hals, Stecknadelkissen am Arm, messen, stecken, tasten, drücken, zupfen, alles schnelle, fließende Bewegungen gegen die sie ankeifende Stimme. Kaum dass sie mich bemerkt hatte, schaute sie mich mit ihrem strengen, bösen Blick an und deutete mit dem Kopf zur Tür. Ich ging wieder hinaus, hörte ihre Stimme, hörte, wie sie sich für die Störung entschuldigte und der Frau sofort Komplimente machte über ihr Aussehen, über ihre beneidenswerte Figur und, zuckersüß, wie gut ihr das neue Kleid stehen würde, die Farbe, der Schnitt, alles hundertprozentig. Meine Mutter auf Knien.

Als ich sie einmal fragte: »Warum schleimst du diese Frauen so ein, das ist doch ekelhaft«, bekam ich, wie immer, keine Antwort. Stattdessen stellte sie mir, wie immer, eine Frage. »Kommst du in diesem Monat mit deinem Taschengeld zurecht?«

Oft dachte ich, es ist so sinnlos mit uns. Wir verstehen einander nicht. Unterschiedlicher als wir beide konnten zwei Menschen nicht sein. Nicht nur vom Aussehen, sondern auch vom Charakter her. Und wir wollten uns nicht. Sie mich nicht und ich sie nicht.

Wer sagt überhaupt, dass sie meine Mutter ist? Es gibt schließlich auch keinen Vater. Wenn ich an diesem Punkt angelangt war, stellte ich mir vor, dass ein Paar an der Tür klingelte, das seine Tochter suchte. Irgendjemand in der Stadt oder in einer Behörde hatte ihnen von mir erzählt und sie zu uns geschickt.

Sie starrten mich an, nickten und sagten: »Ja.«

Ich stellte mir vor, dass ich zuerst etwas unsicher, zögerlich war. Weil mir das alles viel zu lange dauerte, dieses Hin- und Herschauen, diese prüfenden Blicke, übersprang ich die Szene und sah uns dann in einer erschütternden Umarmung. Wir hatten uns gefunden.

Ich stellte mir vor, dass sie mich gleich mitnehmen wollten.

Ich stellte mir vor, dass sie ein schönes Haus und einen großen Hund hatten.

Ich stellte mir nicht vor, in welcher Stadt dieses Haus sein würde, weil ich nicht wusste, ob ich lieber in Göttingen bleiben oder woanders leben wollte.

Ich stellte mir auch nicht vor, wie meine Mutter auf meine wahren Eltern und auf meinen Auszug reagieren würde.

Das war unwichtig. Wichtig war nur, dass meine Eltern endlich gekommen waren, um mich zu holen, und dass ich sie vom ersten Moment an liebte.

So ging manchmal der Gaul mit mir durch, Kuhl.

Pubertäre, nachpubertäre Fantastereien, etwas durchgeknallt. Manchmal habe ich sie in der Disco ausgeschwitzt, manchmal habe ich mich abreagiert, indem ich die Schule geschwänzt habe, um mir zu beweisen, dass ich frei bin, dass ich tun und lassen kann, was ICH will.

Mit diesem Freiheitswillen bin ich auch nach Freiburg gezogen. Ich wusste nicht, was ich nach dem Abitur machen sollte, zum Studieren hatte ich keine Lust; zu meiner Mutter sagte ich allerdings, ich wolle mir in Freiburg die Universität anschauen.

Eine Schulfreundin brachte mich bei ihrem Bruder unter, der in Freiburg studierte und dort in einer Wohngemeinschaft lebte. Er war für drei Wochen verreist, in dieser Zeit konnte ich in seinem Zimmer wohnen. Aus den drei Wochen wurde ein Jahr. So lange hielt die Liebe zwischen Markus und mir, eingepfercht in einem Zimmer. Dann kamen meine Lehr- und Wanderjahre, die Trebegänger-Zeit, bis ich im Hasenstall landete.

Wieso hieß die Kneipe eigentlich »Hasenstall«? Das ist das erste Mal, dass ich mir diese Frage stelle. Es war immer selbstverständlich. Der Hasenstall war eben der Hasenstall. Dann aber war der Wirt der Oberrammler. Das fällt mir JETZT ein! Ich kann mich nicht erinnern, dass wir Witze über den Namen »Hasenstall« gemacht hätten oder dass das Wort »Rammler« gefallen wäre. Dabei ging es eigentlich um nichts anderes. Der Wirt hätte mich auch im Bunny-Kostüm bedienen lassen können, dann wäre es eindeutig gewesen. Aber dafür war Freiburg wahrscheinlich nicht die richtige Stadt, die Bunny-Club-Fans tummelten sich woanders.

Kuhl, du hast mich oft gefragt, was ich VOR dem Hasenstall gemacht habe. Ich mochte nicht darüber reden, weil es so eine verlotterte Zeit war, ein paar flüchtige Jahre, nicht wirklich vergeudet, aber von mir verstreunert. Ich habe die Orte und die

Jobs gewechselt wie die Unterwäsche. Jetzt kann ich über die Abenteuer lachen, aber damals habe ich mich vor dir geschämt.

Es war nicht alles gut, was ich gemacht habe. Und was ich gemacht habe, war letztlich gegen mich und wahrscheinlich auch gegen meine Mutter gerichtet.

Ich habe mich in dieser Zeit übrigens auch mit dem Mann verabredet, den ich für meinen Großvater hielt.

Wenn man Meyer heißt, muss man heiraten, habe ich zu meiner Mutter gesagt, warum hast du nicht geheiratet? Heute frage ich mich selbst, ob es jemanden geben wird, der mich von dem Namen befreit. Auf der anderen Seite kann man in diesem Namen untertauchen, das hat auch etwas für sich.

Großvater Meyer war, weil er in der Nähe von Hildesheim wohnte, unter den Meyers leicht ausfindig zu machen. Als ich bei ihm anrief und umständlich erklärte, dass ich mit ziemlicher Sicherheit seine Enkeltochter sei, war er sofort abweisend. Ich habe lange geredet, bis er endlich einwilligte, mich zu empfangen. Nach dem Telefongespräch fiel mir ein, dass er natürlich zu Recht misstrauisch gewesen war, es gab ja immer wieder diese sogenannten Enkeltrickser, die am Telefon tragische Lebens- und Leidensgeschichten erzählten, um ihren Opfern, vereinsamten Opas oder Omas, das Geld aus der Tasche zu ziehen. Und dann, erst dann überlegte ich, ob er vielleicht sogar wohlhabend war, und fragte mich, ob ein Enkelkind erbberechtigt ist. Plötzlich war dieses Gefühl wieder ganz stark, nämlich das Gefühl, um alles betrogen worden zu sein. Vielleicht hatte ich einen reichen Großvater, vielleicht hatte ich sogar einen reichen Vater, und der wiederum hatte vielleicht sehr reiche Eltern. Nur ich selbst, ich hatte außer diesem VIELLEICHT nichts. Dabei war mir, als ich bei der Trauerfeier diesen möglichen Großvater entdeckt hatte, keine Sekunde Erbschaft oder Geld in den Sinn gekommen; es war nur ein Fünkchen Hoffnung, mit einem Totgesagten, einem

Verschollenen, einem leibhaftigen Teufel zu sprechen. Dieser sehr alte Herr Meyer aber misstraute mir, glaubte vielleicht, dass ich Forderungen stellen oder ihn mit Geschichten konfrontieren würde, die er nicht hören wollte. Und ich, was wollte ich von ihm? Mich auf seine Knie setzen und Hoppe-hoppe-Reiter spielen?

Weißt du, Kuhl, was das Gemeine an dieser ganzen Sache ist? Für mich gibt es keine Familie, nicht in der Kindheit, nicht heute. Meine Großmutter hatte zwar einen Bruder und eine Schwester, die sind aber jung verstorben. Sie hatte nur ein Kind, meine Mutter, und meine Mutter hat nur mich. Da ich keinen Vater habe, habe ich auch von dieser Seite her keine Verwandtschaft. Es gab nie familiäre Männer, nur die zeitweiligen Freunde meiner Mutter. Die nahmen mich gerne in den Arm, was meiner Mutter nicht passte, sodass sie diese Spiele nach kurzer Zeit unterbrach. Das nur nebenbei, Kuhl.

Ich habe mich wirklich gesehnt nach Hoppe-hoppe-Reiter auf Männerknien. Ich habe es als Erwachsene nachgeholt, allerdings nicht nur zu meinem Vergnügen, ich erzähle dir später davon.

Meine Überlegungen nach dem Telefonat mit Großvater Meyer schwankten zwischen Zufriedenheit und Glück, ihn erreicht zu haben, und Empörung darüber, dass er so abweisend gewesen war und einem Treffen nur sehr zögerlich zugestimmt hatte.

Ich bin nicht hingegangen zu diesem Treffen. Ich bin einfach nicht hingegangen, weil ich mir nicht noch eine Abfuhr holen, nicht von einem beguckt werden wollte, der mich für eine Betrügerin oder Erbschleicherin hielt, der mich hinausschicken und sagen könnte: »Du interessierst mich nicht, ich habe nichts mit dir zu tun.«

Plötzlich war das Interesse weg. Licht aus. Die Angelegenheit war für mich erledigt.

Heute früh auf dem Weg zur Arbeit sind zwei Merkwürdigkeiten passiert. Die erste war das Blatt. Auf dem Bürgersteig lag ein einzelnes Blatt, frag mich nicht, von welchem Baum, es war ein Herz. Es war so sehr ein Herz, dass ich stehen blieb, es betrachtete, weiterging, dann die paar Schritte zurücklief, um noch einmal zu schauen.

So ein Blatt habe ich noch nie gesehen. Es war auch, entschuldige den Ausdruck, fast wie neu, dunkelgrün, ein paar kleine braune Flecken, aber die Herzform war perfekt. Ich habe es aufgehoben und mit nach Hause genommen. Vorhin habe ich es in deinen Gedichtband gelegt, das Herzblatt. Ich würde es dir gerne zeigen.

Die andere Merkwürdigkeit war ein Mann. Er ging vor mir und suchte offensichtlich ein bestimmtes Haus. Er hatte eine Art Uniform an, braune Hose, braune Windjacke, ich sah, während ich ihm folgte, zwischen den Jackenfalten die Buchstaben UPS, also ein Angestellter dieses Paketdienstes.

Er war nicht besonders groß, sehr schlank und trug klobige Sneaker. Als ich dort mit meinem Blick angekommen war, erschrak ich. Die Absätze waren erbärmlich schräg abgelaufen, und ich dachte sofort, in solchen Schuhen darf niemand auch nur einen Schritt gehen, das macht krank, das macht den Rücken kaputt, das führt zu Invalidität. Der Anblick der heruntergekommenen Schuhe traf mich so, dass ich den Mann fast angehalten hätte, um ihm zu sagen, er solle, er müsse sich unbedingt ein Paar neue Schuhe kaufen. Und wenn er kein Geld dafür hatte? Wenn diese Paketzusteller so schlecht bezahlt wurden, dass es für neue Schuhe nicht reichte? Auch das überlegte ich: schnell mit ihm in ein Schuhgeschäft zu gehen, um ihm die Schuhe zu bezahlen. Bevor ich meine gute Tat ausführen konnte, hatte er das gesuchte Haus gefunden und war im dunklen Eingang verschwunden.

Ich war über mich selbst überrascht. Bettler ignoriere ich, den Musikanten auf der Straße und in der S-Bahn verweigere ich den Obolus, weil ich ihre Darbietungen als Belästigung empfinde, aber dieser Mann hatte etwas in mir getroffen, irgendetwas, vielleicht das Herz, das Herzblatt, das ich in meiner Tasche trug und das jetzt in deinem Gedichtband liegt, Kuhl.

Es tut mir gut, dir zu schreiben. Es tut mir auch gut, an dich zu denken. Das hat lange gedauert. Das Schöne zu sehen, ohne durchzudrehen. Auch jetzt passiert es mir noch manchmal, dass mich der Hass überkommt. Dann könnte ich dich zerfetzen. Wäre da eine andere Frau gewesen. Meinetwegen auch ein Mann. Ein Hund. Eine Straßenlaterne. Eine Giraffe. Irgendetwas Sichtbares. Ein Grund, zwei Gründe, drei Gründe. Eine Erklärung. Eine Antwort. Aber es gab keine Antworten auf meine Fragen. Das kannte ich. Umso rasender hat es mich gemacht.
Einfach weg. Abhauen. Verschwinden.

Der Großvater ging mir eine Weile nach. Als ich beschlossen hatte, die Verabredung nicht wahrzunehmen, fühlte ich mich stark, ich fühlte mich im Recht. Ich wollte ihn für sein Misstrauen bestrafen. Die Bilder, die ich mir dazu ausmalte, befriedigten mich, ich sah ihn wartend, bereuend, sich nach seinem Enkelkind sehnend. Mit der Zeit aber verwandelten sich die Bilder und Gefühle. Ich war es, die wartete, die bereute, nicht zu ihm gegangen zu sein; ich sehnte mich, stärker als je zuvor, nach einem Großvater. Ihn noch einmal anzurufen, erschien mir unmöglich, ich war sicher, dass er einer neuerlichen Verabredung nicht zustimmen würde.

So verflüchtigte sich das Großvater-Phantom allmählich, zumindest beschäftigte ich mich lange nicht mehr damit. Und irgendwann, ich hatte mal wieder einen Job hingeschmissen, weil mich die Arbeit unendlich anödete, fuhr ich nach Hause. Nicht, um meine Mutter zu besuchen, die nahm ich sozusagen in Kauf, ich wollte mich nur vergewissern, dass es ein Zuhause gab, einen Platz, der mir zustand, meine Kammer zum Beispiel, in der meine Kindheit aufgehoben war.

In dem Verhältnis zu meiner Mutter hatte sich nichts geändert, außer dass ich erwachsen geworden war und mein eigenes Leben lebte. Für sie aber war ich, wie immer, das lästige Kind, an dem sie herummäkeln musste. »Du bist dicker geworden«, sagte sie, »oder deine Hosen sind zu eng, es ist nicht gut, Hosen hauteng zu tragen, du hast das oft genug gesehen bei meinen Kundinnen, ekelhaft, wenn sie ihr Fleisch einschnüren, das ist überhaupt nicht sexy, meine Liebe, ganz im Gegenteil, wenigstens das solltest du bei deiner Mutter gelernt haben, nämlich, wie man sich gut und vorteilhaft kleidet, und diese kurzen T-Shirts, diese Bauch-frei-Mode, das ist etwas für magere Kinder, du bist aber kein Kind mehr und schon gar nicht ein mageres, also lass das besser bleiben ...«

Und so weiter, sie ging alles durch, meine Kleidung (schlampig), meine Haare (zu lang, zu strähnig), mein Make-up (Augen zu schwarz, Lippen zu rot). Ich hatte dann schon längst abgeschaltet und ließ sie reden.

Was mein Äußeres betraf, hatte ich Bestätigung und Selbstbewusstsein genug, um mich von ihr nicht in den Keller ziehen zu lassen, nur wenn sie von meinem LEICHTEN Leben sprach (sie meinte leichtfertig, labil, unberechenbar, launenhaft, verantwortungslos, flatterhaft, inkonsequent), dann hakte ich ein, und es wurde ein fürchterliches Gemetzel, in dem wir uns beide mit Vorwürfen bombardierten.

Ich hatte selbst kein gutes Gefühl, dass ich meine Jobs so oft wechselte. Meistens fingen sie gut an, dann aber wusste ich, wie der Laden läuft, und alles wurde zur Routine; schon hatte ich keine Lust mehr, oder einer der Kollegen ließ nicht locker, weil er meinte, ich müsse mit ihm ins Bett gehen, oder die Kolleginnen begannen mit ihren Mobbing-Spielchen. Es gab viele Gründe aufzuhören. Ich hatte mir auch in der

Uni Vorlesungen angehört, Literaturwissenschaft, Philosophie, Geschichte, Psychologie, nein, das konnte ich mir nicht vorstellen, ich wollte leben, mit Menschen zusammen sein, und lernen konnte ich in den Jobs genug.

»Wenn du nicht studieren willst«, sagte meine Mutter, »dann mach eine Lehre, du brauchst eine Ausbildung. Ohne meine Schneiderlehre hätte unser Leben etwas anders ausgesehen.«

»Unser Leben hätte anders ausgesehen, wenn du den Mann geheiratet hättest, der mich gezeugt hat.«

Rummmms.

Was interessiert dich? Würdest du lieber etwas Kaufmännisches oder etwas Handwerkliches machen?
Handwerklich? Meinst du Schneidern oder Schreinern?
Es ist egal, was. Du musst etwas lernen, und sei es Friedhofsgärtnerei.
Damit ich Omas Grab pflegen kann? Nein, ich will nichts mit den Händen machen, ich will auch nicht den Kunden Honig um den Mund schmieren. Das habe ich oft genug bei dir mitgekriegt. Und wie die Hände kleben hinterher.
Du wirst noch merken, dass man sich anpassen muss.
Ich muss mich nicht anpassen, ich mache, was ICH will.
Ja. Du machst immer, was DU willst. Nach siebenundzwanzig Jobs solltest du auch wissen, was du willst.
Und du? Tagein, tagaus das Gleiche. Erst zu Arno, dann die Damen, dann die ausgeliehenen Herren.
Lass mich in Ruhe, Maria.
Kannst du mir, verdammt noch mal, etwas über meinen Vater sagen? Nimm seinen Namen meinetwegen mit ins Grab, aber was er für ein Typ gewesen ist, das kannst du mir doch wohl verraten. Oder kennst du ihn gar nicht? Hast du dich in Darkrooms oder was weiß ich für Etablissements herumgetrieben?

Wie oft habe ich dir gesagt, dass ich über das Thema nicht sprechen möchte. Akzeptiere das bitte. Du bist alt genug, finde dich endlich damit ab. Du bist nicht die Einzige, die ihren Vater nicht kennt. Und ich habe alles getan, um dir ohne Vater ein gutes Leben zu ermöglichen. Dazu gehört auch, dass ich vor meinen Kundinnen auf dem Boden krieche. Tagein, tagaus das Gleiche, um es meiner Tochter an nichts fehlen zu lassen.

Ich kann nichts dafür, dass du dich von irgendeinem Arsch hast schwängern lassen. Warum hast du mich nicht abgetrieben? Das wäre für uns beide besser gewesen.

Maria. Es reicht.

Dann hör auf, mir auch noch Vorwürfe zu machen. Was muss dieser Mann für ein Krüppel gewesen sein. Weiß er überhaupt, dass er ein Kind gezeugt hat? Ich bin ein Krüppelkind. Das kannst du ihm mal stecken.

Maria!

MariaMariaMaria. Das kannst du hoch und runter beten. Das bringt aber nichts mehr. Zu spät. Maria und die Unbefleckte Empfängnis. So muss es gewesen sein.

Wie lange bleibst du?

Ach. Du willst mich loswerden?

Du bist im Moment schwer zu ertragen.

So.

Ich lebe mein Leben, und du lebst deines.

Zum Glück.

Lass uns –

Ich störe, ich weiß.

Verdammt noch mal, halt endlich die Klappe.

Du hast mich als Kind zur Oma verfrachtet, um ungestört deine Herren zu empfangen.

Hör auf.

Dir sind Lügen lieber.

Ich glaube, es ist besser, du gehst jetzt.

Bin ich hier nicht zu Hause?

PAUSE. Wir mussten beide Luft holen.

Ich habe übrigens mit Großvater telefoniert.
Mit welchem Großvater?
Mit meinem. Nehme ich jedenfalls an, dass er es war.
Könntest du dich genauer ausdrücken?
Ich habe Großvater Meyer angerufen, DEINEN Vater, wenn er es ist.«
Meinen Vater?
Ja. Ich weiß, du hast auch keinen Vater. Aber ich habe mit ihm telefoniert.
Und?
Was und? Ich habe mich mit ihm verabredet. Ich wollte ihn kennenlernen.
Und?
Undundund. Ich bin nicht hingegangen.
Er wollte sich mit dir treffen?
Ja. Ich bin aber nicht hingegangen.
Er hat geglaubt, dass du sein Enkelkind bist?
Na klar. Trotzdem war er misstrauisch.
Wie – misstrauisch?
Misstrauisch eben. Vielleicht dachte er, ich will Kohle von ihm.
Um Gottes willen. Was hast du denn zu ihm gesagt?
Nichts von Belang. Hast DU eigentlich jemals mit ihm gesprochen?
Du musst doch irgendetwas Blödes zu ihm gesagt haben, wenn er meinte, du wolltest ihn um Geld angehen.
Ich habe nichts Blödes zu ihm gesagt und schon gar nichts über Geld. Ich wollte nichts anderes, als ihn kennenlernen.
Du hast ihn doch bei der Beerdigung der Oma gesehen, oder? Wenn du dich schon mit ihm verabredet hast, warum bist du dann nicht zu ihm gegangen?
Weil ich keine Lust hatte.
Aber –

Ich hatte einfach keine Lust. Punkt.
Dein Seitenscheitel. Die Haare verdecken dein rechtes Auge.
Ich sehe genug.
Man möchte dem Gegenüber in die Augen schauen.
Was MAN möchte, interessiert mich nicht. Was ICH sehe, ist wichtig.
Du siehst aber nicht das Richtige, wenn du dich im anderen falsch spiegelst.
Hä?
Der Pony hat dir besser gestanden.
Ich will nicht aussehen wie Cleopatra.
Davon bist du weit entfernt.
Wie meinst du das?
Es ist gut, dass du nicht bei ihm warst.
Was?
Bitte setz dich. Dein Herumgerenne macht mich nervös.
Warst DU etwa bei ihm?

Heribert Meyer ist ein sehr alter Mann. Er will nichts mehr zu tun haben mit der Welt. Er wartet auf den Tod. Er sitzt da und wartet. Vor nicht langer Zeit ist seine Frau gestorben. Zu seinen Kindern hat er keinen Kontakt, auch nicht zu den Enkelkindern. Er wartet nur auf seinen Tod. Was vor fünfzig oder sechzig Jahren war, interessiert ihn nicht. Er will davon nichts wissen. Er war in der Partei und hat an Hitler geglaubt. Er war im Krieg und hat an den Sieg geglaubt. Er hat an seine blonde, blauäugige Frau geglaubt. Er hat an seinen Freund geglaubt. Aber er hat nicht geglaubt, dass der Bauch von ihm war. Deshalb ist er sicher, dass er alles richtig gemacht hat. Er hat den Freund nicht erschossen und auch nicht seine Frau. Er hat es anders geregelt. Das war für ihn genauso endgültig wie der Tod.
Warum war Herr Meyer bei der Beerdigung von Oma?
Ja.

Warum?
Ja. Warum?
Ist er dein Vater?
Ich weiß nichts anderes. Er galt immer als mein Vater. Wenn auch als Unvater.
Unvater?
Teufel.
Woher weißt du das mit dem Freund, mit den Kindern, woher weißt du, dass er herumsitzt und auf den Tod wartet?
Hm.
Naja, immerhin hat er Unterhalt für dich bezahlt. Das wäre das Mindeste gewesen, was du von MEINEM Vater hättest verlangen müssen.
Schluss!
Oder hat er vielleicht doch gezahlt? Und ich habe nichts davon bekommen?

Meine Mutter stand auf und verließ das Zimmer.

So liefen die Besuche ab. Aussichtslos, Gespräche mit ihr zu führen. Ich kenne keinen Menschen auf der Welt, der mir fremder ist als meine Mutter.

Bevor ich begann, im Hasenstall zu kellnern, hatte ich für einen Literaturprofessor gearbeitet. Der Kontakt ist irgendwie durch Freunde von Freunden zustande gekommen. Der Professor, so wurde mir gesagt, sei ein älterer und ein bisschen kränklicher, aber sehr netter und umgänglicher Mann, er suche jemanden für Aufräum- und Sortierarbeiten, einfache Arbeiten, gut bezahlt, keine besonderen Ansprüche.

    Ich hatte zu der Zeit gerade einen Job in einer Boutique mit Designer-Accessoires, Chi-Chi-Sachen, der Laden lief, aber die Chefin war eine übellaunige Tante, die mir ziemlich auf die Nerven ging. Also rief ich den Professor an und machte einen

Termin für ein Vorstellungsgespräch mit ihm aus. Er nannte die Adresse, die Straße lag in einem Villenviertel. Sein Haus war keine pompöse Villa, eher ein bescheidenes Einfamilienhaus.

Am Telefon klang seine Stimme sympathisch, nicht alt und kränklich, sondern fest und bestimmt, ja, sie hatte fast etwas Verführerisch-Verlockendes. Der Mann aber, der dann die Tür öffnete, entsprach überhaupt nicht meiner Vorstellung. Komisch, dass man sich ein Bild nach der Stimme macht. In der Tür stand ein kleiner, etwas gebückter Mann mit halblangen grauen Haaren, die, aus dem Gesicht nach hinten gekämmt, fettig glänzten. Seine Gesichtshaut dagegen wirkte ganz trocken, wie zerknittertes Papier. Keine einnehmende Erscheinung.

Ich merkte sofort, wie sich Abwehr in mir aufbaute. Er schaute mich prüfend an, taxierend, lächelte dann, trat einen Schritt beiseite und sagte:»Kommen Sie herein.«

Nein, die Stimme und der krumme kleine alte Mann passten nicht zusammen. Ich trat in den Flur, und er schob mich weiter in einen großen Raum, der voller Bücher und alter Möbel war. Biedermeier vielleicht, ich kenne mich da nicht aus. Durch die Fensterfront schaute man in einen zugewachsenen, verwilderten Garten. Die Terrassentür stand offen, es war kühl in dem Raum, und es roch nach kalter Asche. Er lief an mir vorbei, schloss die Tür und bat mich, an dem runden Tisch Platz zu nehmen. Ich setzte mich.

Kann ich mit dem? Will ich mit dem? Eine seltsame Figur, dieser Professor, abstoßend und anziehend zugleich. Ohne seine Stimme wäre mein Urteil sofort eindeutig gewesen, besser gleich gehen, statt die Zeit zu vertrödeln.

»So«, sagte er, sich an den Tisch setzend, »erzählen Sie von sich. Wo kommen Sie her, was machen Sie, was können Sie?« Ich wollte eigentlich erst mal von ihm hören, wie die Arbeit aussieht, was er erwartet, was er bezahlt. Das war das

Übliche, so liefen diese Bewerbungsgespräche ab. Er schaute mich auffordernd, fast ungeduldig an. »Erzählen Sie.«

Also erzählte ich, wo ich herkam, was ich bisher gemacht hatte, was ich konnte oder zu können glaubte. Natürlich hatte ich alles geschönt, meinen chaotischen Lebenslauf in eine Art Ordnung gebracht; er hörte aufmerksam, ohne mich zu unterbrechen, zu.

Als ich dachte, ich hätte alles gesagt, was zu mir zu sagen wäre, und nicht weiterwusste, fragte er, ob ich lesen könnte. Was soll man auf so eine blöde Frage antworten. Ich schaute ihn überrascht, vielleicht entgeistert an und er sagte sofort: »Vorlesen.«

»VORLESEN?«

»Das viele Lesen strengt meine Augen an«, sagte er, »können Sie sich vorstellen, mir Manuskripte und Bücher vorzulesen?«

»Man hat mir gesagt, Sie brauchen jemanden für die Ablage und fürs Aufräumen.«

»Auch«, sagte er, »aber auch fürs Lesen.«

Wenn man mit Lesen Geld verdienen kann, dachte ich, warum nicht. Ich hatte zwar, außer in der Schule, nie laut vorgelesen, aber ich konnte es ja probieren. Besser als dieses Boutiquen-Gezwitscher war es in jedem Fall. Ich bin Vorleserin bei einem Professor. Das klang gut, das gefiel mir.

»Ich kann es versuchen«, sagte ich.

»Wann können Sie anfangen?«, fragte der Professor.

»In vierzehn Tagen, zum Ersten«, sagte ich. »Aber ich kann auch vorher schon mal vorbeikommen. Abends oder am Wochenende.« Ich wunderte mich selbst über mein Angebot.

Der Professor nannte Stunden-, Tages-, Wochen-, Monatslohn. »Wie ist es Ihnen lieber? Mir ist wichtig, dass Sie flexibel sind. Ist es Ihnen möglich, unter diesen Bedingungen bei mir zu arbeiten?«

Ich versuchte, mir meine Überraschung nicht anmerken zu lassen. Es war mehr, als ich je für einen meiner Jobs bekommen hatte.

»Schon okay«, sagte ich.

»Gut«, sagte er, »kommen Sie am nächsten Samstag.«

So begann meine Arbeit für den Literaturprofessor. Kuhl, ich muss dir aber zunächst etwas anderes erzählen.

Peer ist für ein paar Tage nach Mallorca geflogen. War, denn er ist gestern Abend zurückgekommen. Nicht zu mir, er hat sich noch nicht bei mir gemeldet. Als er mir sagte, dass er nach Mallorca wollte, klang das ganz normal, ich habe mir keine Gedanken darüber gemacht. Ein paar Tage mit ein paar Kumpels durch ein paar Kneipen touren, mal raus mit den alten Freunden, eine Männerclique, wandern, schwimmen, saufen. Das machen sie jedes Jahr einmal.

Gestern Abend habe ich im Bett noch Fernsehen geguckt. Und da sah ich im Fernsehen plötzlich Peer, was für eine Überraschung. Es gab in den Nachrichten eine Live-Schaltung zum Flughafen. Sie befragten irgendeinen Flughafenchef zu den laufenden Streiks. Hinter diesem Mann sah man Wartende, Ankommende, und unter den fröhlich Ankommenden war Peer, Arm in Arm mit einer Blondine. Ich konnte es nicht glauben, dachte, das muss ein Irrtum sein, aber entweder ging er ein paar Schritte zurück, dann direkt auf die Kamera zu, oder die Kamera schwenkte in seine Richtung, jedenfalls war er zwei Mal mit dieser Blondine im Bild, unverkennbar und eindeutig Peer.

Im ersten Moment wollte ich ihn anrufen, unterließ es aber und dachte, ich sollte eher überlegen, ob das nicht der Anstoß für das Ende war. Schluss mit Peer. Schluss mit diesem supersicheren Coup. Er hatte mir gesagt, er komme Sonntag zurück, heute ist Samstag. Ich bin gespannt, wann er sich meldet. Ich jedenfalls werde ihn nicht anrufen. Einige der Sachen, die hier von ihm herumliegen, habe ich schon zusammengepackt. Ich habe vor Wut die ganze Nacht nicht geschlafen.

Das wollte ich dir erzählen, Kuhl. Ich fange wieder von vorne an. Allein. So sieht es aus.

Zurück zum Literaturprofessor. Ich war samstags zum ersten Mal zum Arbeiten bei ihm. Wir gingen von dem großen Raum mit den Büchern, den ich schon kannte, in den ersten Stock. Dort war sein Büro. Ein Durcheinander, wie ich es nie zuvor in meinem Leben gesehen habe. Der Schreibtisch war zugemüllt mit Papieren und Büchern, dazwischen Pfeifen, Aschenbecher, Stifte, kleine Tier- und Menschenfiguren aus allen möglichen Materialien, Elfenbein, Holz, Stein, Onyx, Quarz, und manche der Figuren waren Paare in eindeutigen Positionen. »Lustobjekte«, sagte der Professor, als ich – vielleicht zu lange – darauf starrte. »Studienhalber«, sagte er, »eines meiner Hobbies.«

Studienhalber dachte ich, kopulierende Menschen- und Tierpaare. Er ist doch kein Zoologe. Was er wohl noch für Hobbies hat.

Eigentlich konnte, durfte man sich in dem Raum nicht bewegen. Nicht nur der Schreibtisch war zugemüllt, auch auf dem Boden stapelten sich Manuskripte und Bücher, schmale Schneisen führten durch das Chaos zum Fenster, zur Heizung, zum Schreibtisch. Unten im Wohnzimmer wirkten die Bücherregale sehr ordentlich, ein Buch neben dem anderen, Kante an Kante, eine gerade Linie, oben im Arbeitszimmer standen sie mal gerade, mal schräg, stützten sich gegenseitig oder lagen quer übereinander, die meisten mit vielen Zetteln zwischen den Seiten und heraushängenden Lesebändchen.

»Können Sie Französisch?«, fragte der Professor.

»Französisch? Je ne parle pas francais«, sagte ich, »das ist das Einzige, was ich noch kann. Schulfranzösisch, ein paar Brocken, mehr nicht.«

»Schade«, sagte der Professor. »Aber französische Namen werden Sie schon lesen und unterscheiden können. Ich möchte, dass Sie mit der Ablage beginnen. Hier, dieser ganze Stapel mit Korrespondenzen muss einsortiert werden. Ihr Platz ist unten, wir nehmen Ordner und Briefe mit.«

Wir schleppten das Zeug ins Wohnzimmer. Er hatte einen Tisch für mich freigeräumt: »Das ist Ihr Arbeitsplatz«, sagte er. »Sie können anfangen. Ich habe oben zu tun. Wenn Sie Fragen haben, fragen Sie.«

Ich schaute auf den vollgeladenen Tisch, ich schaute ihn an. Was ist das für ein Typ, dachte ich. Wir schauten uns beide an, ziemlich lange und wahrscheinlich beide darüber nachdenkend, ob es mit uns gut gehen würde. »Ah ja«, sagte er dann, »das habe ich vergessen. Kommen Sie.« Als ich nicht gleich aufstand, sagte er noch einmal: »Kommen Sie, ich muss Ihnen doch die Küche und das ganze Drumherum zeigen.«

Ich folgte ihm, er zeigte mir in der Küche Wasserkocher, Geschirr, Kaffee, Tee, Mineralwasser, dann lief er weiter, öffnete eine Tür auf dem Flur. »Hier die Gästetoilette, was brauchen Sie noch? Fragen Sie, wenn Sie Fragen haben, und sagen Sie Bescheid, wenn Ihnen etwas fehlt.«

Er flitzte er die Treppe hoch in sein Büro.

Auch seine schnellen geschmeidigen Bewegungen standen, wie die Stimme, im Gegensatz zu seinem gebrechlich wirkenden Körper. Wie alt war er eigentlich? Schwer zu schätzen, unter oder über sechzig, nicht viel älter, er hatte ja seine Seminare an der Uni, emeritiert war er jedenfalls noch nicht.

Ich sortierte an diesem ersten Samstag die Korrespondenzen. Mit meinen drei Französisch-Vokabeln konnte ich kaum etwas lesen, aber die Absender beziehungsweise Adressaten, Universitäten auf der ganzen Welt, Professoren, Dozenten, dazu viele Privatpersonen, hatte ich doch immerhin ablagefähig identifiziert. Irgendwann kam er herunter und bat mich, einen Kaffee mit ihm zu trinken. Wir setzten uns an den kleinen runden Tisch.

»Sie haben ja schon eine Menge weggeschafft«, sagte er. »Aber das ist nur die französische Korrespondenz, oben sind weitere Stapel, alles Mögliche, noch nicht vorsortiert, Briefe und Manuskripte. Ich glaube, ich kann mit Ihnen arbeiten. Was meinen Sie?«

Was sollte ich antworten bei dem vielen Geld, das ich bei ihm verdienen würde? Ich lächelte ihn an und sagte: »Ja, gerne.«

Und dann erzählte er, dass seine Frau vor zwei Jahren gestorben sei, seitdem habe er quasi nicht mehr aufgeräumt. Zum Putzen, Waschen, Bügeln und Kochen käme eine Polin, Sonja, ins Haus, die ihn wegen der Unordnung oft ausschimpfe, dabei habe er ihr den Zutritt zum Arbeitszimmer verboten. Ob er mich Maria nennen dürfe? (Die hellen Augen, die sanfte Stimme, Kuhl.)

»Bitte.« Ich nickte.

»Maria«, sagte er, können Sie nach dem Kaffee noch eine Stunde bleiben? Ich möchte gerne, dass Sie mir Gedichte vorlesen.«

Gedichte? Himmel, das war ja wie in der Schule. »Da muss ich aber vorher ein bisschen üben«, sagte ich. »Ich bin es nicht gewohnt, so vom Blatt weg vorzutragen«.

»Sie müssen nicht üben«, sagte er. »Möchten Sie noch Kaffee?«

»Nein, danke.«

Er gab mir ein schmales Buch und setzte sich in den Ohrensessel.

Guillaume Apollinaire. Gedichte.

Ich las, langsam, Wort für Wort. Ich verstand nicht, was ich las, obwohl es doch Deutsch war und nicht Französisch. Manchmal schien eine Zeile verständlich, dann las ich weiter, und schon wusste ich nicht mehr, was die gerade gelesene Zeile und die darauffolgende Zeile bedeuten sollten. Der Professor hörte zu, ohne mich zu unterbrechen. Manche Gedichte wollten gar nicht aufhören. Dass Gedichte so lang sein konnten, hatte ich nicht gewusst. Ich hatte ja, als ich bei der Oma wohnte, viele Gedichtbände aus der Bibliothek ausgeliehen, da gab es auch längere Gedichte, Balladen, aber das, was ich dem Professor vorlas, war etwas anderes. An eine Gedichtzeile von Apollinaire kann ich mich erinnern, nicht mehr an das Gedicht, nur an diese erste Zeile: *Von Rot zu Grün stirbt alles Gelb.* Das habe ich mir gemerkt, weil ich es schön fand, auch wenn ich es nicht verstand. Diese Zeile habe ich mir selbst oft vorgesagt, in allen möglichen Situationen, wie ein Mantra. Von Rot zu Grün stirbt alles Gelb.

Nach jedem Gedicht schaute ich den Professor an. »Weiter?«
Er nickte. »Weiter.«
Er wollte immer weiter hören.
»Sie haben eine gute Stimme«, sagte er irgendwann.
»Das hat mir noch nie jemand gesagt.«
»Sie sollten Französisch lernen.«
»Ich bin nicht sprachbegabt.«
»Unsinn.«
»Ich kann ja nicht einmal richtig Deutsch. Jedenfalls verstehe ich nicht, was ich lese.«
»Das liegt nicht an Ihnen. Die Übersetzungen sind eine Katastrophe.«
»Ja? Ist das so? Warum druckt man sie dann?«
»Das frage ich mich auch. Warten Sie.«
Er stand auf und holte ein Buch aus dem Regal. Er blätterte darin, strich dann über eine Seite und trug ein Gedicht auf Französisch vor.

Wo nahm er diese Stimme her? Ich hatte die Augen geschlossen und hörte auf den Klang der Worte, von denen ich nicht ein einziges verstand.

»Bitte lesen Sie noch eines vor«, sagte ich, als es still wurde. Ich hielt die Augen geschlossen und wartete. Ich hörte ein leises Rascheln, offensichtlich blätterte er in dem Buch. Dann fuhr er fort.

Er hat bestimmt eine halbe Stunde vorgelesen. Und ich habe zugehört, habe seiner Stimme fasziniert gelauscht. Irgendwann klappte er das Buch zu, und ich fiel aus einer anderen Welt zurück in das Wohnzimmer des Professors, der die Brille abnahm und sich mit den Händen über die Augen strich.

»So war das nicht gedacht«, sagte er, »dass ich Ihnen vorlese. Es strengt mich an.«

»Vielleicht lerne ich Französisch«, sagte ich, »aber wie lange wird es dauern, bis ich Ihnen französische Gedichte vorlesen kann.«

»Jahre«, sagte er, »vielleicht Jahrzehnte. Sie sind jung. Ich bin alt. Ich werde es wahrscheinlich nicht mehr erleben. Der Tod war schon im Haus. Vielleicht hat es ihm hier gefallen, und er kommt bald zurück.« Er lächelte.

Der Tod war schon im Haus. Das war nicht fair von ihm. Ich wollte nicht in einem Totenhaus sein. Plötzlich war alles ganz düster.

Er schaute auf seine Uhr. »Sonja hat Essen vorbereitet. Wenn Sie mögen, können Sie mitessen.«

Hätte er nicht das mit dem Totenhaus gesagt, wäre ich geblieben, im Ohr die französischen Gedichte, im Ohr seine lyrische Stimme, ich wäre die Nacht geblieben, dummes Zeug dachte ich und sagte: »Vielen Dank für die Einladung, aber ich kann nicht bleiben, ich bin bereits zum Abendessen verabredet.«

So verließ ich fluchtartig das Haus des Professors und überlegte auf dem Weg nach Hause, ob ich den Job wirklich annehmen sollte. Ich hatte die Zeit vergessen, als ich ihm zuhörte. Hieß das nicht, die Kontrolle über sich selbst zu verlieren? Dieser kleine komische Mann hatte Macht über mich, das merkte ich, ich aber wollte niemanden Macht über mich einräumen. Es ging um einen Job, um nichts weiter. Es ging um Geld. In meinem Kopf wirbelte es hin und her. Von Rot zu Grün stirbt alles Geld. Ja, ich sagte leise, von Rot zu Grün stirbt alles Geld, und merkte, erst nachdem ich die Zeile drei Mal wiederholt hatte, dass es nicht »Geld«, sondern »Gelb« hieß.

Kann man mit Mitte zwanzig noch so dumm sein? Offensichtlich. Mein Instinkt sagte mir, lass es bleiben, es gibt viele Jobs, die gutes Geld bringen, die du, ohne über irgendetwas nachzudenken, machen kannst, langweilige, anspruchslose Jobs, die nichts von dir verlangen, außer dass du hingehst und Sachen eintütest oder Termine eintippst oder aufmerksam und freundlich am Telefon bist. Es gibt nette Menschen, natürlich auch nervige, aber es ist lebendig, schrill und, wenn man Glück hat, cool. Das Haus des Professors war eine Gruft, und da sollte ich Tag für Tag sitzen? Alle Warnlämpchen blinkten auf, doch schon hörte ich wieder seine Stimme. »Sie sollten Französisch lernen.« Ja, bei ihm könnte ich lernen, vielleicht sogar Französisch, er würde mich Bücher lesen lassen, wir würden uns gegenseitig Gedichte vorlesen, er die französischen Originale, ich die Übersetzungen, ich würde seine Briefe lesen, seine Manuskripte, er würde mit mir über das Gelesene sprechen.

Ich würde ihm Fragen stellen, er würde mir Antworten geben.

Trotz der Warnsignale sah ich ein Paradies vor mir. Vielleicht, so denke ich heute, Kuhl, lach nicht, war es meine Sehnsucht nach einem Vater. Er hatte etwas in mir berührt, das ich nicht erklären, schon gar nicht benennen konnte. Ich merkte nur, dass mich etwas zu ihm hinzog, gegen alle Widerstände. Es war auch eine Art Furcht in mir, keine richtige Angst, denn was sollte mir dieser kleine Mann tun, nein, es war ein Zittern, ein Flattern, das ich noch nie so gespürt hatte. Aber als ich zu Hause ankam, war die Entscheidung gefallen. Ich wollte für ihn, mit ihm arbeiten, egal, ob der Tod schon einmal zu Besuch war oder nicht.

Es war Ende April, und am 2. Mai trat ich meine neue Stelle an. Im Hause des Professors.

Er hatte mir in dem großen Raum, der Bibliothek, einen Arbeitsplatz mit Computer, Drucker, Ablageregal und Ordnerschrank hergerichtet. »Was brauchen Sie noch?«, fragte er. »Sie müssen sagen, was fehlt. Ich besorge es dann. Könnten Sie zuerst die Datei mit den Korrespondenzen ausdrucken und ablegen? Ich will sie auf Papier und in Ordnern haben. Das Lesen am Bildschirm strengt mich noch mehr an als das Lesen von Büchern, wahrscheinlich hat sich die Sehkraft, seitdem ich einen Teil der Arbeit am Computer erledige, rapide verschlechtert.«

Ich brauchte nichts, es war alles vorhanden für die Büroarbeit, und in der ersten Zeit war es sozusagen ein ganz normaler Job. Wir tranken nachmittags einen Kaffee zusammen, danach las ich ihm vor. Gedichte, aber auch Erzählungen, hauptsächlich von französischen Autoren. Ich weiß die meisten Namen nicht mehr, Villon war dabei, an ihn erinnere ich mich, weil die Gedichte so realistisch waren, auch komisch und frech-erotisch.

Ende Mai war es sommerlich heiß, und entsprechend sommerlich war ich gekleidet. Ich merkte, dass der Professor mich anders als zuvor anschaute. Während ich vorlas, lag sein Blick lange auf meinen nackten Armen, auf meinen nackten Beinen, auf meinen Brüsten. Ich spürte es, als würde sein Blick mich körperlich berühren. Manchmal flüsterte er meinen Namen, und wenn ich aufschaute, schüttelte er mit dem Kopf und nickte zum Buch hin, was meinte, weiterlesen, nicht darum kümmern.

Jetzt kommt der Teil, Kuhl, den ich nicht gerne erzähle. Ich geniere mich etwas, darüber zu sprechen, aber ich will es, weil auch dieser Teil etwas mit mir zu tun hat. Zuerst habe ich es von mir weggeschoben, habe den Professor pervers genannt, habe ihn verflucht, habe ihn verachtet, habe ihn gehasst. Er hat mich erpresst, dachte ich, er hat mich gezwungen, er hat mich erniedrigt und gedemütigt. Aber ich hätte gehen können, sofort, und ich bin nicht gegangen. Ich bin geblieben, und ich bin wiedergekommen, pünktlich, zuverlässig, korrekt nach Vereinbarung.

Wie viele Jobs hatte ich hingeschmissen, weil mir dies oder das nicht passte. Oder auch nur, weil ich mich eingeengt oder gelangweilt fühlte. Ich kann mich nicht herausreden, ich habe mitgespielt. Er tat mir leid. Das ist ein nicht zu unterschätzendes Gefühl, vielleicht ist es das heikelste, das wir haben können. Denn es ist letztlich nicht glaubhaft, nicht wirklich wahr, irgendwo ist der Eigennutz versteckt, verwoben mit dem Gut-Sein zur eigenen Rettung.

Der Professor saß, wenn ich vorlas, in seinem Ohrensessel, die Beine auf dem Hocker ausgestreckt. An der Fensterfront stand eine Récamière, das war mein Lesemöbel. Am Anfang saß ich steif wie eine ordentliche Schülerin darauf, mit der Zeit legte ich die Beine hoch, vergaß, auf korrekte Haltung zu achten, und gab mich ganz dem Vorlesen hin, das mir, nach der anfänglichen Unsicherheit, immer besser gelang.

Ich registrierte durchaus die Blicke des Professors, ich hörte, dass er meinen Namen flüsterte, ich hörte auch, dass er manchmal stöhnte oder seufzte. So begann das Spiel. Das ist okay, dachte ich, das Zuhören und Anschauen macht ihm Freude, er lädt sich auf für den Abend, wie er sich abreagiert, ist seine Sache. Die Spannung war, wenn ich meine Arbeit beendete, aufgelöst. Wir hatten ein Dienstverhältnis, nicht mehr. Und so, formal und freundlich, verabschiedeten wir uns auch.

Irgendwann lag ein Buch von de Sade auf der Récamière. Bevor ich es aufnehmen und darin blättern konnte, fragte der Professor: »Kennen Sie Marquis de Sade? Schon mal gehört?«

Ich schüttelte den Kopf. »Ich weiß, was Sadismus ist, hat der etwas damit zu tun?« Der Professor lächelte. »Schon«, sagte er. »De Sade war, was sexuelle Praktiken anbelangte, eine Monstrosität. Es gab für ihn keinerlei Tabus, in keiner Beziehung, bis hin zum Lustmord, auch wenn er betont, dass es den Tod nur im Kopf, in der Fantasie gebe. De Sade war Schriftsteller, und Schriftstellern sind Fantasien, und seien sie noch so monströs und obszön, erlaubt. Er hat ein umfangreiches Werk hinterlassen. Ich muss mich mit ihm beschäftigen. Es wird nicht einfach für Sie sein, Maria, aus seinen Texten vorzulesen. Wenn Sie es versuchen wollen?«

Ich zuckte mit den Schultern. Was sollte mir de Sade. Ich war kein Kind, dem man sagen konnte, dass es der Storch war, der die Mutter ins Bein gebissen hatte.

Der Professor setzte sich in seinen Ohrensessel, ich setzte mich auf meine Récamière.

»De Sade«, sagte er, »hatte einen eigenen, unabhängigen Geist. Er forderte Freiheit ohne jede Einschränkung. Doch das ist ein weites Feld, Maria.«

Klingt gut, dachte ich, und blätterte in dem Buch.

Der Professor drängte mich nicht zum Lautlesen, er wartete geduldig in seinem Ohrensessel auf meine Stimme.

Nach den ersten paar Seiten von *Justine* war ich von de Sade angetan. Wie er den reichen, widerlichen Mann schildert, der der vierzehnjährigen Justine die Welt erklärt, das gefiel mir. Sie, die Waise, erbittet Arbeit von ihm. Er, der Lüstling und Menschenverächter, in Betrachtung des Mädchens sofort die Hand am Schwanz und wichsend, macht ihr klar, dass solchen wie ihr nur eine einzige Überlebenschance bleibt, nämlich Männern zu Diensten zu sein. Man brauche diesen Abschaum, der sich nur durch Almosen am Leben erhalten könne, in der Gesellschaft nicht, es gebe viel zu viel davon, das Beste sei, man würde diese Menschen gleich umbringen, in der Wiege ersticken. Es gefiel mir, wie de Sade diesen ekligen Zyniker beschreibt und entlarvt.

»Aha«, sagte ich laut zum Professor, »Sie warnen mich vor einem gesellschaftskritischen Schriftsteller. Daher weht der Wind. Soll ich anfangen?«

Der Professor nickte.

Eigentlich hatte ich von ihm noch einen Vortrag über den Marquis erwartet, doch er schloss die Augen, und ich begann mit dem Vorlesen.

Und dann geriet ich ins Schleudern und Stottern, ich hatte Mühe, die gewalttätigen Blut- und Sperma-Szenen vorzulesen. Geilte der Professor sich daran auf? Ich schaute ihn an, wenn ich eine Pause machte, und war ein paar Mal nahe daran, das Vorlesen abzubrechen. Aber irgendeine Art von Wirkung hatte es auf mich, auch wenn mich die detaillierten Beschreibungen der sexuellen Verwüstungen abstießen. Ich las immer weiter.

»Es ist eine Zumutung, ich weiß, Maria. Sie müssen nicht«, sagte er leise. Doch seine Augen, sein Körper, sagten etwas anderes.

Ich stand auf, schob seine Beine vom Hocker und setzte mich vor ihn. »Was soll ich tun?«, fragte ich.

Er nahm meine Hand. Ich überließ sie ihm. Sie hat ihm wohlgetan. Ja, sehr wohlgetan. Und es hat mir wohlgetan, ihm wohlzutun.

Ich habe nie mit ihm geschlafen, Kuhl, aber ich habe ihm meine Hand überlassen. Meine Brüste. Meine Haut. Mehr nicht. Mehr konnte ich nicht. Und er forderte nicht mehr. Er nahm, was er von mir bekam, und war glücklich darüber.

Die Vorlesestunden verliefen seitdem in dieser Übereinkunft. Die Büroarbeit erledigte ich wie sonst auch. Es gab, wenn er an meinen Schreibtisch kam, um neue Manuskripte oder sonstige Papiere bei mir abzuladen, keine Berührungen, keine Anzüglichkeiten. Erst wenn die Vorlesezeit begann, stellte sich die Intimität ein. Wir wurden auf eine bestimmte Weise sehr vertraut miteinander, vertraut in diesem eingegrenzten Bereich.

Ich mache es, weil er mir leidtut in seiner Einsamkeit, das sagte ich mir oft, wenn ich nach Hause ging. Ich erledige zu der Büroarbeit einen sozialen Notdienst. Und manchmal spürte ich auf dem Heimweg seine sehnsüchtigen Augen in meinem Rücken. Gleichzeitig war nicht zu leugnen, dass der Notdienst nicht spurlos an mir vorüberging. Ich hatte zu dieser Zeit keinen Freund oder, um es so zu sagen, keinen Beischläfer, und ich suchte mir einen, mehrere, ich brauchte das. Der Professor war zu alt, entschieden zu alt, obwohl ich manchmal, wenn ich seiner Stimme lauschte, in Versuchung geriet, die Augen zu schließen und alle Bedenken beiseitezuschieben.

Das Verrückte war, dass ich IHN vor mir sah, seine Hände und seinen Mund auf meiner Haut spürte, wenn ich mit den anderen Typen im Bett war. Ich will nicht mit meinem Vater schlafen, dachte ich dann entsetzt, und: Was treibe ich da eigentlich, was ist das für eine Geschichte mit dem Professor, der mich mit de Sade traktiert und zugleich zärtlich und einfühlsam ist, vorsichtig und dankbar, zurückhaltend und sanft? Der sogar, ohne dass wir ein Wort darüber gesprochen hatten, seine Dankbarkeit in Geld ausdrückte.

Trotzdem, ich habe es nicht mehr ausgehalten. Ich hatte Angst, die Kontrolle über mich zu verlieren, er nahm mich in Besitz, nicht, weil er es darauf anlegte, sondern weil ich mich in Besitz nehmen ließ. Er hat mich zu nichts gezwungen, aber es gab Momente, in denen ich mir wünschte, er würde es tun. Ich verlor mich. Deshalb musste ich aufhören. Wie es ihm sagen? Ich hatte nicht den Mut dazu und bin einfach nicht mehr hingegangen. Auf seine Anrufe und Mailbox-Nachrichten habe ich nicht reagiert. Feige. So feige war ich noch nie gewesen.

Um mich selbst zu schützen und Abstand zu gewinnen, bin ich nach Kreta geflogen. Geld hatte ich genug. Wie großzügig er war! Vier Wochen habe ich dort alleine in einer kleinen Familienpension verbracht.

Als ich zurückkam, kümmerte ich mich um einen neuen Job. Ich fing im Hasenstall an. Und dann kamst du, Kuhl.

Ich habe die Geschichte mit dem Literaturprofessor nie jemandem erzählt. Auch Leah nicht, meiner besten Freundin. Natürlich wusste sie, dass ich diesen Job hatte, Büroarbeit bei einem Professor und Gedichte vorlesen. Mehr nicht.

Es gibt so viele Dinge, die nur mich betreffen und mit denen ich, so denke ich, alleine fertig werden muss. Ich wundere mich oft, was mir Freunde, Kollegen oder selbst flüchtige Bekannte von sich erzählen. Sie packen einfach ihr Innenleben auf den Tisch, hier, guck mal, so sieht's in mir aus. Und ich will das ganze Gekröse gar nicht sehen. Es ist auch nichts Überraschendes dabei. Das meiste hatte man schon auf Facebook oder Twitter lesen können oder in irgendeinem Blog.

Leah weiß auch nichts von Peers Idee des supersicheren Banküberfalls. Ich jammere ihr manchmal ein bisschen vor, dass es langweilig ist mit Peer, dass ich mich von ihm trennen will, dass er ein Arsch ist. Das ist es aber auch schon. Den Rest mach ich mit mir selbst aus.

Das Misstrauen und meine Angst vor Nähe müssen familien-, nein, mutterbedingt sein. Ich bin als Lüge auf die Welt gekommen.

Leah hat eine Mutter und einen Vater, eine ordentliche Familie. Bis zu ihrem Fünfundzwanzigsten. Dann haben sich die Eltern getrennt. Der Vater hat eine neue Frau und neue Kinder, die Mutter lebt allein. Leah versteht sich mit allen gut. Sie braucht die Harmonie, dafür steckt sie einiges ein. Mein Leben ist ihr fremd, das ändert aber nichts daran, dass sie eine zuverlässige Freundin ist. Ich achte darauf, ihr nicht zu viel zuzumuten. Was mir mit dem Professor passiert ist, würde sie kaum begreifen.

Und ich könnte es ihr nicht erklären. Ich kann es nicht einmal mir selbst erklären.

Leah kennt keine Abgründe. Sie ist offen, sie ist klug, und sie ist den Menschen zugetan. Sie ist ohne Arg, sie glaubt an das Gute. Das wird manchmal problematisch in unseren Gesprächen, weil ich weder an das Gute im Menschen glaube noch ihnen besonders zugetan bin. Doch diese Differenzen haben unserer Freundschaft bisher keinen Abbruch getan.

Sie wohnt inzwischen in Berlin und ist für mich im Bekanntenkreis die Einzige, die meine Mutter kennt. Wir waren ja schon in Göttingen zusammen in der Schule. Leah hat meine Mutter mir gegenüber oft verteidigt. Sie konnte besser mit ihr umgehen als ich, sie bewunderte ihre Schneiderkunst, und die Fragen, die sie ihr diesbezüglich stellte, hat meine Mutter natürlich ausführlich und fröhlich beantwortet. Es ist wie in jeder Beziehung, sagte Leah manchmal, wenn ich wieder voller Zorn über meine Mutter und unversöhnlich war, man muss zu- und abgeben.

Seit fünf Jahren lebt sie mit Thommy zusammen, er ist im Grunde ein netter Typ, IT-Fachmann, sehr gut verdienend, doch ein bisschen öde. Finde ich. Ich bin glücklich mit ihm, sagt Leah. Er hat eine elfjährige Tochter, um die er sich kümmern muss, auch finanziell, was für ihn keine Belastung bedeutet, er verdient genug.

Leah hat diese Tochter gleich in ihr Herz geschlossen, was die Mutter des Mädchens gar nicht gut findet. Folglich gibt es Psycho-Kämpfe, Machtspielchen und so weiter. Aber Leah wäre nicht Leah, wenn sie das nicht alles regeln und bewältigen würde. Meine Oma sagte manchmal über Menschen: Das ist eine patente Person. Das könnte man über Leah auch sagen.

Von dir habe ich ihr wenig erzählt. Nur Oberflächliches. Kuhl, naja, eine der üblichen Affären. Viel mehr habe ich nicht zu ihr gesagt. In Leahs Augen musste unsere Beziehung so wirken.

Kuhl, du hast, wie der Literaturprofessor, etwas in mir geweckt oder angesprochen, was ich bis dahin nicht kannte. Die dunkle Seite lass ich weg. Bei dir war es ganz einfach Liebe. Ein starkes, beglückendes Gefühl. Es kam langsam, oder ich brauchte lange, bis ich aus dem Taumel zwischen Glück und Angst und atemloser Verwunderung sagen konnte: Das muss es sein, was soll es sonst sein?
Habe ich mir etwas anmerken lassen?
Vielleicht weißt du es bis heute nicht.
Aber jetzt.
Liebe heißt das.

Peer kam heute ganz locker bei mir vorbeigeschlendert. Zurück von der sonnigen Insel. Mallorca bringt es! Schön war es, ziemlich viel gesoffen, aber es hat gut getan, mal wieder mit den Kumpels zusammen zu sein. Ohne Arbeit, ohne Verpflichtungen, nur relaxen, abhängen, den lieben Gott einen guten Mann sein lassen.

Ich wusste nicht, ob ich ihm sagen sollte, dass ich seine Ankunft mit der Blondine im Fernsehen gesehen hatte. Auf diese Streiterei mochte ich mich nicht einlassen. »Bitte gehe«, sagte ich zu ihm. »Ich möchte allein sein.«

Er wollte protestieren, demonstrierte Freude über das Wiedersehen nach der einwöchigen Trennung, aber er insistierte nicht, wahrscheinlich war er froh, noch eine Galgenfrist für seine Lügen zu bekommen.

Ich hatte keine Kraft, ihm seine Sachen hinterherzuwerfen, auch nicht den Mut, Schluss-Ende-aus zu sagen. Auch ich brauche eine Galgenfrist.

Du bist der einzige Mann, der mich verlassen hat, Kuhl. Peer mit seiner Blondine kann ich nicht ernst nehmen, ich glaube nicht, dass er sich wegen ihr von mir trennen würde. Und wenn. Ich habe längst den Schlussstrich für mich gezogen.

Peer ist eine Hilfskonstruktion. Vielleicht brauche ich sie noch eine Weile, aber mit jeder Seite, die ich an dich schreibe, wird die Konstruktion wackeliger, ich selbst dafür stabiler. Denke ich. Vielleicht ein Trugschluss.

Wahrscheinlich war ich für dich nur eine kleine blöde Kellnerin, nichts Richtiges fürs bürgerliche Leben. Eine Zigeunerin, eine Herumstreunerin, eine Vagabundin – »Vaginabundin«, das war deine Erfindung! Wie hättest du mich genannt, wenn ich dir damals vom Professor erzählt hätte? Oder von Johannes? Komischerweise hat dich meine vertrackte Familiengeschichte mehr interessiert als mein eigenes, erwachsenes Leben. Du fandest es spannend, dass ich meinen Vater nicht kannte, dass meine Mutter sich weigerte, seinen Namen preiszugeben. Als sei das Stoff für einen Roman gewesen. Hast du den Roman geschrieben, Kuhl?

Ich muss dir noch eine Geschichte aus meiner Streunerzeit erzählen, Kuhl, die war allerdings nicht leise und diskret wie die Liaison mit dem Professor, die war stinknormal und laut.

-
-
-

Hier fehlen viele Seiten, Kuhl. Ich musste das Schreiben für lange Zeit unterbrechen.

Es gab Ärger mit Peer, ziemlichen Ärger. Als er nach seiner Rückkehr von Mallorca die darauffolgende Woche wieder bei mir auftauchte, konfrontierte ich ihn dann doch mit der Blondine am Flughafen.

»Dumm gelaufen«, sagte ich zu ihm, »du musst deine geheimen Geliebten vor Kameras schützen.«

Er war schlagfertig wie immer. »Gerade andersherum«, sagte er, »ich habe mir die Tussi geschnappt, um endlich mal ins Fernsehen zu kommen. Die kannte ich doch gar nicht. Die saß im Flieger und wir kamen erst beim Warten an dem Kofferband ins Gespräch miteinander. Wir sind dann zusammen in die Halle gegangen, und als ich die Kameras und die beiden Typen im Interview sah, habe ich sie mitgeschleift, direkt ins Bild. Ein Gag. So war das. Nicht anders.«

Ich wollte nicht mit ihm streiten, nicht hin und her argumentieren. Ich sagte Schluss. Ende. Aus. Und dann noch: »Nimm bitte deine Sachen mit.«

Plötzlich ging alles sehr schnell. Peer nahm die Tüten, die ich ihm gepackt hatte, umarmte mich (gegen meinen Willen) und verließ die Wohnung.

Zurück blieb sein vertrauter Geruch, dieser Werkstattgeruch, den ich, als er gegangen war, überdeutlich wahrnahm. Das war es also.

Eine große Erleichterung und eine kleine Schwermut. Ich hatte mich an Peer gewöhnt, nun muss ich wieder das Alleinleben lernen.

Am nächsten Tag in der Sparkasse fragte ich Anna Szepannek, ob sie Lust habe, nach der Arbeit noch einen Wein zu trinken. Irgendwie wollte ich mich ablenken, unterhalten lassen, und sei es von Anna Szepanneks neuen Netz-Abenteuern. Ich glaube, sie war sehr verwundert über meine Frage, normalerweise hatte ich ja immer schnell eine Ausrede parat, wenn das Thema Geselligkeit aufkam. Sie sagte freudig zu.

Wir fanden einen Zweiertisch in dem gut besuchten Weinlokal, zum Glück, ich kann es nicht leiden, wenn man so gedrängt sitzt und die anderen Gäste alles mithören können, was man spricht. Ich hatte mich darauf eingestellt, neue Erlebnisse von der Sexfront zu hören oder von neuen Pleiten mit den Internet-Männern, doch Anna Szepannek legte ihre Hand auf meine Hand, drückte sie und fragte leise: »Was ist mit Ihnen? Es geht Ihnen nicht gut.«

Das war das Allerletzte, was ich wollte: Mitleid, vertrauliches Geplauder über mein Innenleben.

Ich hob das Weinglas. »Prost, auf das Leben. Es ist gut. Es soll noch besser werden.«

Anna Szepannek nahm ihr Glas, schaute mich unsicher an, suchte eine Stelle, an der sie andocken könnte mit ihrer Sorge, doch dann lachte sie und sagte: »Wenn das so ist, Prost. Und es ist wirklich alles in Ordnung mit Ihnen?«, fragte sie dann doch noch.

Ich nickte und sagte aus Versehen: »Ich habe mich von meinem Freund getrennt, das war längst überfällig.«

»Aha, ich habe doch gewusst, dass etwas im Busch ist.«

»Nein, es ist nichts im Busch, gar nichts. Es geht mir sehr gut. Was machen denn Ihre Internetkorrespondenzen? Gibt es etwas Neues? Haben Sie jemanden gefunden?«

Nur das wollte ich an diesem Abend von Anna Szepannek hören, deshalb war ich mit ihr Wein trinken gegangen, ich wollte wissen, ob es Sinn hatte, sich auf diesem Spielplatz zu tummeln.

»Ist Ihr Freund, Ihr Ex-Freund, der mit dem Fahrradladen?«, fragte sie, statt mir eine Antwort zu geben.

Ich verfluchte meinen Ausrutscher. Ein einziges privates Detail ist immer eines zu viel. Schon haken sie nach, schon wollen sie mehr wissen, schon wollen sie, dass du dich ausziehst. Woher kannte sie Peer? Kein Wort mehr. Einfach übergehen. Warum sollte ausgerechnet ich immer die Fragen beantworten, die man mir stellte. Ich machte eine diffuse Kopfbewegung, nicht Ja, nicht Nein, trank einen Schluck Wein und sagte: »Sie haben jemanden gefunden, stimmt's?«

Sie war viel zu begierig, ihre eigenen Geschichten zu erzählen, um auf eine Antwort von mir zu insistieren.

Und sie war wieder einmal in einen viel zu engen Hosenanzug eingeschnürt. Eine braun-beige Kombination. Grauenhaft. Wie kann man so etwas tragen! Vielleicht ist das so, wenn man auf die fünfzig zugeht. Oder Anna Szepannek hat einfach keinen Geschmack und kein Körpergefühl.

Ja, sie habe einen gefunden, sagte sie. »Vorerst, man weiß ja nicht, wie sich das entwickelt. Ich bin doch sehr misstrauisch geworden, es treiben sich zu viele Idioten im Netz herum. Perverse. Im Übrigen auch viele Pädophile, die fragen als Erstes, ob man Kinder hat. Sie fragen genau nach Alter und Geschlecht und wollen am liebsten sofort Fotos haben. Damit es nicht so auffällt, fragen sie nach Familienfotos. Man merkt bei denen ganz schnell, wie der Hase läuft. Ekelhaft. Oder die Leichenschänder, wie ich sie nenne. Das sind gestörte Jungs um die dreißig oder vierzig, die möglichst Achtzigjährige suchen. Vielleicht suchen sie nur eine reiche Oma, die sie beerben können, aber ich glaube, die haben auch so abartige Gelüste. Man muss sehr aufpassen, auf wen man sich einlässt. Die Normalen sind in der Minderzahl.

Mit Harry, so heißt er, habe ich mich bis jetzt zwei Mal getroffen. Er scheint in Ordnung zu sein. Er arbeitet in der Verwaltung der Techniker-Krankenkasse. Kein übermäßiges Gehalt, aber solide. Anständige Rente, und er hat ein Haus in der Uckermark. Keine Gegend, in die es mich zieht, ich bin eher ein Stadtmensch, aber es ist eine Sicherheit, man weiß nie, was kommt. Ich bin nicht anspruchsvoll. Außerdem habe ich mein eigenes Polster. Also drücken Sie mir die Daumen! Und Sie werden auch bald einen Neuen haben, Sie sind noch so jung. Sie sehen super aus. Die Männer laufen Ihnen hinterher. Sie müssen nur zugreifen!«

»Das ist alles kein Problem«, sagte ich und dachte, genau das ist das Problem. »Im Moment habe ich die Nase voll von Männern«, sagte ich und dachte, das stimmt, soweit es Peer betrifft; ich brauche eine Pause. »Ich brauche Ruhe, ich brauche das Alleinsein«, sagte ich und dachte, das stimmt auch, weil ich mit dir, mit uns beschäftigt bin, Kuhl. »Ich wünsche Ihnen Glück mit Harry«, sagte ich und dachte, das wird nicht lange dauern, fast könnte ich darauf wetten. »Man muss zu- und abgeben«, sagte ich und dachte dankbar an Leahs kluge Lebensweisheiten.

Dann redeten wir über unseren Chef, über den arroganten Azubi, über die kokette Laura. Wir verstanden uns gut, auch wenn wir weiß der Teufel was, über uns dachten.

Anna Szepannek bot mir das Du an. Um Gottes willen, dachte ich, ich will diese Duzerei nicht, aber abschlagen konnte ich ihr das natürlich nicht. Das wäre ein zu großer Affront gewesen. Also sagten wir Du und stießen mit einem weiteren Glas Wein darauf an.

»Anna.«

»Maria.«

Das war vor vier oder fünf Wochen, vielleicht vor vier oder fünf Monaten. Keine Ahnung, ich habe jedes Zeitgefühl verloren.

Peer hat seinen supersicheren Coup in den Sand gesetzt. Er sitzt in Untersuchungshaft. Und fast hätten sie mich auch eingebuchtet. Der Reihe nach.

Ich weiß nicht, woher er die Informationen hatte, er kam in die Sparkasse, als Anna Szepannek mit Patrick Steiner, unserem Azubi, allein war. Ich hatte einen zusätzlichen, unvorhergesehenen Zahnarzttermin, der Chef war auf Dienstreise, Laura war krankgemeldet.

Wie ein Bilderbuch-Banküberfall muss sich das abgespielt haben. Peer, vermummt mit Pistole, ein anderer Mann, einer seiner Kumpels, mit Rucksack und Schnüren. Er fesselte Steiner, während Peer Anna Szepannek in den Tresorraum dirigierte. Dann haben beide die Scheine in den Rucksack gestopft, es waren lächerliche 95.000 Euro, und Anna in den Waschraum gesperrt. Natürlich sind sie mit dem Fahrrad abgehauen. Eine Stunde später hat die Polizei sie geschnappt.

Und alle wussten, dass der Bankräuber etwas mit mir zu tun hat. Anna Szepannek redet nicht mehr mit mir. Alle wurden verhört, beziehungsweise es wurde mit ihnen gesprochen, ich aber wurde als verdächtige Komplizin in die Mangel genommen.

Weber machte mir klar, dass unter diesen Umständen, obwohl er von meiner Unschuld überzeugt sei, ihm meine Weiterarbeit in der Sparkasse nicht sinnvoll erscheine. Das Misstrauen unter den Kollegen sei groß. Eine Verdachtskündigung wolle er nicht aussprechen. Man könne natürlich überlegen, ob ich in eine andere Filiale versetzt würde, aber die Geschichte werde schon vor mir in der Filiale sein, ich würde also auch dort unter einem schlechten Stern beginnen. Er wolle mir vorschlagen, den Vertrag in gegenseitigem Einvernehmen aufzulösen. Er müsse das noch klären, aber es wäre wohl auch über eine kleine Abfindung zu reden.

Für mich gab es keinen Zweifel daran, dass ich die Sparkasse verlassen würde.

Schon die Tage nach dem Überfall, das eisige Schweigen von Anna Szepannek und Laura Hofmann, das hämische Grinsen von Patrick Steiner, das um Freundlichkeit bemühte Gesicht von Weber hatten mir bis oben hin gereicht. Ich habe mich krankschreiben lassen.

Das ist die Lage, Kuhl.

Ich fange von vorne an. Ganz von vorne.

Vielleicht hat das alles etwas mit dir zu tun. Das ist kein Vorwurf, eher das Gegenteil, ich bin dir dankbar, dass diese miese kleine Komödie, die ich mir selbst vorgespielt habe, zu Ende ist.

Seitdem ich diesen Brief an dich schreibe, sichte, ordne ich mein Leben. Ich sortiere die Vergangenheit. Dass das Auswirkungen auf die Gegenwart haben würde, wusste ich nicht, als ich mit dem Schreiben begann, und ich weiß auch nicht, ob ich in diesem Schutthaufen, der vor mir liegt, noch irgendetwas finde, das brauchbar ist, brauchbar für einen Neuanfang, den ich vielleicht gar nicht will. Eine neue Stelle suchen, eine neue Stadt, eine neue Wohnung, einen neuen Mann? Ich habe keine Lust dazu, Kuhl, es kotzt mich alles an. Oder soll ich etwa nach Hildesheim ziehen und mich bei meiner dementen Mutter einquartieren?

Wenn ich mich bestrafen will für meinen idiotischen Versuch, ein bürgerliches (kleinbürgerliches) Leben zu führen, dann male ich mir das so aus: Mutter und Tochter Vaterlos im Häuschen der Oma, sich gegenseitig fütternd und den Sabber abwischend, ohne Vergangenheit, natürlich auch ohne Zukunft, aber mit den allgegenwärtigen vier Wänden redend: Ich wollte nicht in diese Scheißwelt geboren werden und wie schön ist Panama. Ich male eine Schere auf die Tapete, und meine Mutter zeigt darauf: Schnipp, schnapp. Manches weiß sie noch, nein, in Wahrheit weiß sie alles, sie will nichts wissen, das ist es.

Ich wünschte, ich könnte das alles vergessen. Peer, die Blondine, den supersicheren Coup, die Sparkasse, Anna Szepannek, den flotten Weber, den virtuellen Harry, ab in die Jauchegrube damit.

Kuhl, ich schreibe weiter. Irgendwann werde ich fertig sein und den Brief abschicken können, eigenhändig frankiert und nicht von einem perversen briefmarkenleckenden Postbeamten befummelt. Der Brief wird dich suchen, er wird dich finden, egal wo du bist.

Ich habe Zeit. Ich bin krank. Ich bin arbeitslos. Ich habe eine Abfindung bekommen, mit der kann ich die nächsten Monate überstehen.

Beim Zurückblättern habe ich gesehen, dass es eine Lücke gibt. Ich erinnere mich, ich konnte nicht mehr schreiben, war nicht mehr fähig dazu, weil der Ärger mit Peer begann, das große Desaster. Ob er noch in Untersuchungshaft sitzt oder ob er schon verurteilt ist, weiß ich nicht. Ich habe nichts gehört von einem Prozess. Aber ich höre und sehe auch nichts, ich habe mich ganz zurückgezogen. Die Polizei lässt mich in Ruhe.

Vielleicht fülle ich die fehlenden Seiten über mein Streunerleben ein anderes Mal. Jetzt steht mir nicht der Sinn danach.

Es ist ein merkwürdiger Zustand, in dem ich mich befinde. Bisher war ich die Aktive, die Handelnde gewesen. So viele Jobs, so viele Stellen habe ich gehabt (auch Männer), und immer habe ich entschieden, ob oder wann ich aufhöre, jetzt aber ist an mir gehandelt worden. Das ist das, was mich am meisten verwundert und kränkt.

Bei den Männern warst du die Ausnahme, Kuhl, wie du überhaupt die Ausnahme in meinem Leben bist. Ich habe immer noch keine Antwort auf die Frage, warum du damals verschwunden bist. Dabei erwarte ich sie nicht von dir, schon lange nicht mehr, ich selbst sollte sie geben können. Oder ich muss es endlich lernen (akzeptieren/ertragen/aushalten!), dass es nicht auf alle meine Fragen Antworten gibt.

Du siehst, Kuhl, mein Brief an dich bekommt einen selbsterzieherischen Charakter. Ich fange bei null an, überall, so erscheint es mir momentan. Und ich bin sogar schon zu dem Punkt gelangt, mir einzugestehen, dass der Crash gut war, denn ohne den Rauswurf (nichts anderes war es ja) hätte ich weiterhin jeden Tag brav hinter dem Schalter gestanden und Sparkassen-Kunden bedient. Vielleicht hätte ich mich auch irgendwann eingeloggt, um irgendeinen Harry zu finden; nicht auszudenken! Das bin nicht ich. Aber ich war auf dem Weg, so zu werden.

Ich hatte vergessen, und es fällt mir erst jetzt wieder ein, dass wir einmal von Freiburg nach Hannover gefahren sind. Zu deinen Eltern. Das heißt, du wusstest nicht, ob sie in Hannover sein würden, sie hatten offengelassen, eventuell nach Föhr zu fahren, um dort, wie meistens, das Wochenende zu verbringen. »Ziemlich sicher sind sie weg«, sagtest du, »aber es ist auch egal, ob sie da sind, unser Haus ist groß genug, um sich aus dem Weg zu gehen.«

Was sollte dieser Besuch, Kuhl? Wolltest du mich deinen Eltern vorstellen oder hofftest du, dass sie auf Föhr waren? Vielleicht wolltest du mir nur euren Reichtum zeigen? Im Hasenstall hattest du immer so getan, als ob dich Eltern, Geld, Haus (Häuser) überhaupt nicht interessierten. Warum also dieser Besuch?

Und dann lernte ich deine Eltern kennen. Sie musterten mich, neugierig, resigniert. Das war mein Eindruck. Die Sache war vom ersten Moment an klar: Sie mochten mich nicht, und ich mochte sie nicht. Sie fanden sich in höflichem Umgangston damit ab, dass der Sohn eine Freundin mitgebracht hatte, die nun, nur für kurz selbstverständlich, Gast im Haus war.

Ich habe mir in meiner Streunerzeit durch die vielen Jobs und den Umgang mit den unterschiedlichsten Typen eine ganz gute Menschenerkenntnis erworben. Mir macht keiner etwas vor. Und deine Eltern, entschuldige Kuhl, wirkten auf mich wie kapriziöse Kunden in einem Designerladen. Sie waren perfekt und teuer gekleidet (dafür habe ich, dank Schneider-Mutter, einen Blick!) und jederzeit bereit, an allem und jedem herumzumäkeln. Dem Sohn gegenüber übten sie Nachsicht, und die schloss seine Gespielin mit ein. Natürlich nur für ein Wochenende.

Dein Vater war durchaus ein eindrucksvoller Mann, ich sehe ihn noch vor mir, deine Mutter dagegen ist in meiner Erinnerung verblasst. Ich würde sie nicht wiedererkennen, sollte ich ihr plötzlich auf der Straße begegnen. Es sei denn, sie wäre in Begleitung deines Vaters. Er hatte, vielleicht schon durch seine Größe, eine raumfüllende Präsenz, eine Ausstrahlung, die Selbstsicherheit und Dominanz signalisierten. Er machte andere, nur durch seiner Anwesenheit, so empfand ich es, klein und bedeutungslos. Vielleicht bildete ich mir ein (weil ich es zu oft erlebt hatte), dass in seinem abschätzig-taxierenden Blick auch ein Funken Lüsternheit lag, ein Beuteblick, aber das will ich ihm nicht unterstellen. Oder hast du solche Erfahrungen mit ihm gemacht, Kuhl? Hat er sich mal an eine deiner Freundinnen vergriffen, vergreifen wollen?

Wie mag er heute aussehen? Grau, geschrumpft, gebückt? Große Menschen gehen im Alter ja manchmal etwas krumm. Damals hatte er volles dunkles Haar, eher ein südländischer als ein Hannoveraner Typ. Ein gut aussehender Mann, ohne Zweifel, aber ein zynischer, arroganter Gesichtsausdruck, auch eine Härte in den Zügen, zum Fürchten. Merkwürdige Augen, ich weiß nicht, welche Farbe, aber stechend unter buschigen Augenbrauen. In meiner Erinnerung ist er steinalt, aber er kann nicht sehr alt gewesen sein.

Ich konnte zwischen euch keine Ähnlichkeiten feststellen außer eurer Größe, und vielleicht habt ihr eine ähnliche Körperhaltung gehabt, zumindest kamen mir manchmal seine Bewegungen und seine Gestik sehr vertraut vor.

Das gemeinsame Abendessen war eine Qual, zu ertragen nur durch die Ankündigung deines Vaters, dass sie am nächsten Morgen früh aufbrechen würden, um einen wichtigen Termin in Berlin wahrzunehmen.

»Deshalb mussten wir das Wochenende auf Föhr abblasen«, sagte deine Mutter in vorwurfsvollem Ton, und genauso vorwurfsvoll: Den Sohn bekomme man immer nur immer kurz zu Gesicht und –

Sie schaute mich an und verstummte.

Deine Eltern redeten nur mit dir, fragten nach dem Fortgang des Studiums, nach Erfolgen oder Misserfolgen, wollten wissen, ob du in den Semesterferien in der Anwaltskanzlei eines Freundes arbeiten wolltest, ob du Pläne für den Sommerurlaub hättest und so weiter.

Mich ignorierten sie. Unsere Konversation beschränkte sich auf das »Ja, bitte« beim Nachfüllen des Weinglases oder das »Nein, danke«, beim zweiten Auflegen des Essens. Mir war längst der Appetit vergangen.

Gegen deine Mutter, die immer in einem larmoyanten Ton sprach, kam mir, pardon, Kuhl, meine Mutter einigermaßen akzeptabel vor. Ich verglich die beiden Frauen, deine und meine Mutter, und dachte, meine hat wenigstens eine Art Persönlichkeit, auch wenn ich unendlich viel an ihr auszusetzen habe. Deine Mutter verschwand unter, neben deinem Vater, und solche Frauen konnte ich nicht leiden. Ich war froh, als das Abendessen vorüber war und deine Eltern sich, wegen des frühen Termins am nächsten Tag, schnell zurückzogen.

Vielleicht war es auch anders. Vielleicht war ihre Ablehnung gegen mich so stark, dass sie es kaum ertrugen, mit mir am Tisch zu sitzen, und in ihre Schlafgemächer flüchteten. Vielleicht war allein ich es, die diesen Unmut und die schlechte Stimmung auslöste. Ich war nicht gesellschaftsfähig, passte nicht in das pompöse Haus mit seinem Reichtum, passte vor allem nicht zu seinen Bewohnern. Ha! Kuhl, was hast du dir und deinen Eltern mit mir zugemutet!

Jetzt, da ich mir die Situation in Erinnerung rufe, denke ich, womöglich waren sie es, die dir den Umgang mit mir verboten haben. Haben sie dich erpresst? Ihre Häuser, ihr Ansehen, deine Karriere, haben sie dir mit Enterbung gedroht, wenn du dich weiter mit der Kellnerin abgibst? Es wäre eine Möglichkeit, aber ich will mir nicht vorstellen, dass du vor ihnen gekrochen bist.

Noch etwas fällt mir ein, das habe ich dir nicht erzählt damals. Sie waren am nächsten Morgen in der Tat sehr früh aufgestanden. Ich musste auf die Toilette und irrte auf dem Gang herum, bis ich dein Bad gefunden hatte – das war für mich auch etwas Verblüffendes, dass in dieser Familie jeder sein eigenes Badezimmer hatte! –, und hörte sie unten im Esszimmer miteinander sprechen. Ich blieb an der Treppe stehen (in deinem Bademantel) und wurde zur heimlichen Lauscherin. Dein Vater brummelte mehrfach »Unmöglich« und »Das wird sich von selbst erledigen«, deine Mutter sagte mit leidender warnender Stimme: »Ich bin mir nicht sicher, vielleicht müssen wir nachhelfen.«

Kuhl, ich will nicht beschwören, dass es um mich, dass es um uns ging. Ich konnte nicht lange zuhören, weil ich, nachdem ich Schritte in Richtung Treppe bemerkt hatte, schnell im Bad verschwand. Aber eigentlich war ich mir sicher, dass von mir die Rede war, nicht nur durch die Worte, auch durch den Abscheu, der in ihrem Ton lag.

Du hast noch tief geschlafen, als ich ins Bett zurückkehrte. Als wir später aufstanden, waren deine Eltern weggefahren. Auf dem Esstisch, der für unser Frühstück gedeckt war, lag ein zugeklebter Briefumschlag. Von deinem Vater an dich. Du hast ihn eingesteckt, ungeöffnet. Ich habe dich nicht nach dem Brief gefragt.

Verdammt, ich habe dich zu wenig gefragt, und ich habe dir nicht von meiner Unsicherheit, von meinen Ängsten erzählt. Damals, bei diesem Besuch, habe ich dir gegenüber so getan, als seien deine Eltern nett gewesen, jedenfalls erträglich, ich habe kein Wort darüber gesagt, wie unmöglich, wie ätzend ich sie fand.

Dabei hätte dir auffallen müssen, dass ich mir nicht nur in diesem Protz-Ambiente ziemlich deplatziert vorkam, sondern dass deine feinen Eltern sich benahmen wie die letzten Prolos. Dafür hast du mich dann später zu einem exklusiven Essen eingeladen. Natürlich enthielt der Brief deines Vaters, wie du lachend sagtest, Geld, viel Geld zum Ausgeben.

Genug davon, Kuhl. Mein Problem.

Mein Problem, weil ich in der Welt herumlaufe mit dem Gedanken, dass niemand weiß, wer ich wirklich bin, vor allem, dass sich niemand dafür interessiert. Man macht sich ein Bild von mir, und keiner kommt auf die Idee, dieses Bild zu überprüfen, möglicherweise zu korrigieren.

Für meine Mutter bin ich das lästige, störende Kind geblieben, nicht gewollt, nicht geliebt, sie hat mich nie richtig angeguckt, sie hat nie aufmerksam zugehört, für sie bin und bleibe ich so was wie ein verfluchtes Kuckucksei, ein Bankert. An die Männer, die ein leichtes Mädchen in mir sahen, will ich gar nicht denken, auch nicht an die Pragmatiker, die in mir die ideale Krankenschwester und perfekte Hausfrau vermuteten; bei Peer war es alles zusammen, aber Peer ist etwas anderes. Ich wusste, dass er mit mir vor allem die Bankfrau haben wollte, das kann ich ihm nicht vorwerfen, weil ich ihn genauso funktionalisiert habe wie er mich.

Kuhl, und du? Was war, was bin ich für dich gewesen?

Große Liebe, kleine Liebe, Strohfeuer, Lagerfeuer, einmal in die Flammen gesprungen und geglaubt, das sei das Inferno. (Und in eurem Haus knisterte nicht einmal ein Kaminfeuer!)

Seitdem ich arbeitslos und krankgeschrieben bin, fühle ich mich wie ein Zombie. Ich schleiche in der Wohnung herum und gehe wenig aus dem Haus. Dabei hatte ich mir so viel vorgenommen. Offensichtlich hat mich die Arbeit in der Sparkasse deformiert. Ich weiß nichts anzufangen mit meiner freien Zeit. Ich wache, wie früher, morgens um halb sieben auf, und schon ist die gähnende Leere da. Nicht dass ich Peer vermisse, aber er hat doch meistens meinen morgendlichen Rhythmus mitbestimmt.

Die ersten Tage habe ich, als ginge alles weiter wie bisher, geduscht, mich angezogen, geschminkt, gefrühstückt. Dann stand ich im Flur, startbereit. Kannst du dir das vorstellen? Ich habe mich um mich selbst gedreht, habe mich gefragt, ob ich irre geworden bin, mutiert zu einem Hamster oder dressierten Affen. Das war doch nicht ich, und doch war ich es: Ich sah mich im Spiegel, eine Angestellte auf dem Weg zur Arbeit, keinesfalls eine Bankräuberin, keine Komplizin, keine Streunerin, sondern eine ordentliche, adrette junge Frau, die gleich ihre Kollegen und Kunden begrüßen und anlächeln würde.

Das ist mir nicht ein Mal, sondern mehrere Male passiert. Inzwischen habe ich wenigstens den Morgen im Griff, ich rede mir ein, dass ich Erholung und Ruhe brauche, lege mich nach dem Frühstück noch einmal ins Bett, um zu lesen oder einfach vor mich hin zu dösen. Der einzig feste Punkt in meinem Tagesablauf ist das Schreiben, ist der Brief an dich, Kuhl.

Leah ruft manchmal an, fragt, ob sie vorbeikommen soll oder ob wir uns im Café treffen können, aber im Moment will ich selbst sie nicht sehen. Ich brauche die Zurückgezogenheit; ich will keine Fragen beantworten, nicht reden.

Ich meide auch mein Viertel, meide die Straßen, die zur Sparkasse oder in ihre Nähe führen; zum Einkaufen fahre ich nach Mitte, zum Prenzlauer Berg oder auch mal nach Charlottenburg. Ich will niemandem begegnen, den ich kenne, und die kleinen Ausflüge tun mir gut. Jedes Mal nehme ich mir vor, ins Museum zu gehen und mir eine Ausstellung anzuschauen. Aber irgendwie reicht dafür meine Kraft nicht, oder richtiger, mein Interesse ist letztlich, bei allem guten Willen, etwas Sinnvolles zu tun, gleich null.

Gestern Nachmittag war ich am Alex und hatte einen Typ im Schlepptau, den ich kaum wieder losgeworden bin. Er stand mit mir an der Fußgängerampel, und wir gingen beide bei Grün über die Straße. Das war eine breite Einbahnstraße, in die plötzlich ein Auto einbog. Ich blieb stehen und wedelte wild mit den Armen, um zu signalisieren, dass es die verkehrte Richtung war. Der Fahrer, so viel konnte ich erkennen, war ein sehr alter Mann. Er schaute mich verdattert an, begriff dann aber und machte gerade noch eine Kehrtwende, bevor die vor der Ampel wartenden Autos losfuhren.

Der Typ, genauso überrascht wie ich über den vertrottelten Fahrer, blieb an meiner Seite und redete in einem fort auf mich ein. So was. Wie könne man. Das sei ein Ding. Passiere immer häufiger. Rote Ampeln ignorieren, in entgegengesetzter Richtung in Einbahnstraßen einbiegen, Vorfahrt missachten und so weiter.

Mir saß der Schreck über den Geisterfahrer in den Knochen, sodass ich nickend und kopfschüttelnd neben dem Typen herging. Aber dann fiel mir auf, dass er mich wie selbstverständlich, als seien wir gute Bekannte, auf meinem Weg begleitete. Ich hatte ihn noch gar nicht richtig wahrgenommen, außer in seinem aufgeregten Gebrabbel, und schaute ihn von der Seite an. Er war nicht älter als ich, eher jünger, die Haare hingen ihm strähnig ins Gesicht, das von einem krautigen Bart zugewachsen war. Ich beschleunigte meinen Schritt, er hielt mit. Nun habe ich einen dieser bettelnden Straßenjungs an der Backe, dachte ich, und im gleichen Moment begann er mit seiner Geschichte.

»Meine Mutter ist sehr krank«, sagte er, »ich brauche Geld für Medikamente, habe aber keins mehr, ich bin arbeitslos, Scheißsituation, hab schon viele Jobs gemacht und viel abgeklappert, ist aber zur Zeit nichts zu kriegen. Und meine Mutter ist bitterkrank, ich muss mich um sie kümmern. Haste mal ...«

»Ich bin auch arbeitslos«, sagte ich.

»Was? Ähhh ...«

Er wusste nicht weiter, blieb aber an meiner Seite, weil er sich wahrscheinlich trotzdem gute Chancen ausrechnete, schließlich hatten wir ein gemeinsames Erlebnis. Einen Unfall verhindert, möglicherweise Menschenleben gerettet, da sollte was drin sein für eine kranke Mutter.

Wie oft ich solche Geschichten schon gehört hatte, manchmal war es auch der kleine, in Not geratene Bruder, manchmal ein verlorenes oder geklautes Portemonnaie, keine guten Geschichten, keine einzige, der ich zuhören wollte. Ich gab ihm einen Fünf-Euro-Schein, weil ich wusste, dass ich mich nur so von ihm und seiner Begleitung freikaufen konnte. Es funktionierte. Er drehte sofort um und machte sich aus dem Staub.

Ihn war ich los, aber die Worte »krank« und »arbeitslos« blieben bei mir, besetzten meinen Kopf und rumorten dort herum. Ich hatte mich nie arbeitslos oder krank gefühlt, wenn ich früher einen Job hinschmiss, weil mir irgendetwas nicht passte, ich war frei, ich entschied, was oder mit wem ich arbeitete. Natürlich war es auch jetzt, bei der Sparkasse, meine Entscheidung gewesen zu gehen, aber es würgte mich, dass mir letztlich nichts anderes übrig geblieben war.

Dieser Typ hatte mich mit seinem Gerede in schlechte Laune versetzt. Würde ich, mit dieser katastrophalen Peer-Geschichte im Hintergrund, überhaupt wieder eine Arbeit bekommen? Es hatte mich große Mühe und Disziplin gekostet, die Ausbildung zur Bankkauffrau durchzustehen. Drei Jahre mit vielen Wochenend-Seminaren und Trainings. Und nun alles für die Katz! Nein. Es ist gut so. Sehr gut. Neu anfangen. Endlich.

So schwanke ich, Kuhl, zwischen Panik und Apathie, zwischen Angst und Hoffnung.

Der Typ hatte noch ein Wort gesagt, das einen Nachgeschmack zurückließ: Mutter.

Also habe ich meine Mutter im Hildesheimer Häuschen angerufen, um meiner Tochterpflicht nachzukommen.

Sie fühlt sich wohl dort, jedenfalls beklagt sie sich nicht. Sie näht Kleinigkeiten für die Nachbarn oder stopft Löcher in Kindersocken und näht Knöpfe an Hosen und Hemden. »Die jungen Mütter werfen alles weg«, sagt sie, »die können weder nähen noch stopfen.« Was ich mache, interessiert sie nicht, sie fragt zwar: »Wie geht es dir?«, aber eine Antwort will sie nicht hören. Vielleicht weiß sie auch nicht mehr, wer ich bin. Vielleicht hat sie vergessen, dass sie eine Tochter hat, und hält mich für eine Nachbarin. Ich habe keine Lust, zu ihr zu fahren, warum auch? Ich fahre nur, wenn irgendetwas zu regeln ist, das letzte Mal war ich vor einem halben Jahr dort, oder war es vor einem Jahr? Ich weiß es nicht. Mein Zeitgefühl ist seit der Bankgeschichte durcheinandergeraten.

Das war übrigens auch so, als du damals verschwunden bist. Die Zeit im Hasenstall zählte nicht mehr, die Affären, die Jobs, die dann folgten, waren unwichtig. Erst als ich mich entschlossen hatte, die Bankausbildung zu machen, tickte die Uhr wieder.

Weißt du, nein, du weißt es natürlich nicht, dass ich das Angebot der Arbeitsamt-Beraterin nur angenommen hatte, weil mich »Bank« irgendwie an dich erinnerte? Nicht wegen des Geldes oder des Safes, den du mir in eurem Haus gezeigt hattest, sondern weil ich dachte, ich könnte es ähnlich machen wie du, nämlich das Anarchische mit dem Geordneten verbinden. Dichter und Jurist, Streunerin und Bankkauffrau. (Vielleicht – das kann ich nur in Klammern schreiben, weil ich weiß, wie absurd es ist – sah ich darin auch eine Chance, dich wiederzufinden, dich zurückzugewinnen und deine selbstherrliche, dünkelhafte, arrogante, überhebliche Familie, deine affektierten, snobistischen, idiotischen Eltern für mich einzunehmen.) Wahrscheinlich wirst du diesen Satz nicht lesen, weil ich ihn wieder streichen werde.

Anna Szepannek hat angerufen. Als sie ihren Namen nannte, wurde ich sofort steif; Alarm und Abwehr, ich kniff die Lippen zusammen. »Ja«, sagte ich, oder vielleicht kam nicht einmal das heraus, sondern nur ein »Hm«.

Sie begann sofort mit einer Entschuldigung. Sie habe sich saublöd verhalten, das wolle sie mir schon lange sagen, es tue ihr sehr leid und ob wir uns auf einen Kaffee oder einen Wein treffen könnten.

Ich musste lange überlegen, bevor ich ihr antwortete.

Ihre Entschuldigung klang echt, ich spürte ihr Bedauern. Das rührte mich, und auch wenn ich eigentlich niemanden sehen wollte, schon gar nicht Kollegen, habe ich mich mit ihr verabredet, auch weil ich neugierig bin, ob noch etwas anderes hinter ihrem Anruf steckt. Eine Spur Misstrauen ist geblieben, trotz ihrer überzeugenden Selbstanklage.

Manchmal, wenn ich morgens nach dem Frühstück zurück ins Bett gehe oder abends vor dem Fernseher sitze, denke ich an Peer. Ob ich mich nach ihm erkundigen, ihm schreiben oder ihn besuchen soll. Aber warum sollte ich das tun. Ich verbiete mir sofort solche Gedanken, es ist die Einsamkeit, die sie hervorbringt, es ist einfach nur der Wunsch, die Leere um mich herum zu füllen, es ist nicht der Wunsch, ihn zu sehen oder mit ihm zusammen zu sein.

Er tut mir leid, weil er so naiv war, an seinen supersicheren Coup zu glauben. Mehr nicht. Eine Weile hatte ich das Gefühl, von ihm beschützt zu werden, das hat gutgetan. Schulde ich ihm deshalb Freundschaft? Nein, ich muss mich immer wieder zur Besinnung rufen. Ich habe wegen ihm meine Arbeit verloren. Nähme ich Kontakt zu ihm auf, würde ich die Komplizenschaft bestätigen.

Wie anders, wie grundverschieden er von dir ist, Kuhl.

Peer wollte eine Ausbildung zum KFZ-Mechatroniker machen, hat es aber nur zwei Jahre in der Werkstatt ausgehalten. Er kam mit dem Chef nicht zurecht, hat er mir erzählt, deshalb habe er die Lehre schließlich abgebrochen. Er träumte davon, selbstständig zu sein. (Wer will das nicht!) Also war er privat unterwegs, hat schwarz Autos repariert und Geld gespart, um sich etwas Eigenes aufzubauen. Dann lernte er in der Kneipe den Fahrradhändler kennen, einen müden alten Mann, der seinen Laden billig verkaufen wollte. Peer hat sofort zugegriffen und aus dem verstaubten Laden und der verrotteten Werkstatt eine »bike-oase« gemacht. Es hat funktioniert, und es hat sich schnell herumgesprochen, dass Peer viel mehr konnte, als nur Fahrräder reparieren. Als ich ihn kennenlernte, arbeiteten bei ihm zwei oder zeitweilig sogar drei weitere Jungs. Peer war der stolze Boss, und alles wäre richtig gut gewesen, wenn er nicht diesen Wahn mit seinem supersicheren Coup gehabt hätte.

Ich mache mir Vorwürfe, dass ich nie wirklich ernst mit ihm darüber gesprochen habe. Obwohl es eigentlich das einzige Thema war, über das wir stundenlang reden, streiten konnten, immer unter der Voraussetzung, dass dieser Coup eines Tages stattfinden würde, davon ist er ausgegangen, und ich habe dieses Spiel mitgespielt. Wahrscheinlich hätte ich auch den perfekten Mord mit ihm diskutiert, wenn er vorgehabt hätte, einen Mord zu begehen. Zum Glück ist er nur gescheiterter Bankräuber geworden.

Einmal habe ich mitbekommen, wie er mit seiner Mutter telefonierte. Die Eltern wohnen in Lübeck, dort wurde Peer auch geboren, und die Mutter bat offensichtlich um seinen Besuch.

Peer redete herum, sagte: »Jaja, bald, ich habe so viel zu tun, der Laden brummt, jaja, und ich bringe meine Freundin mit,« – er schaute mich an, grinste und schüttelte den Kopf – »ganz solide, jaja, die arbeitet in einer Bank. Nein, keine Hochzeit, noch nicht, wir sagen Bescheid, wenn es so weit ist, mach dir keine Sorgen. Pass auf den Alten auf, lass dich nicht fertigmachen, gib ihm vor allem kein Geld für die Sauferei. Ich schick dir was für Marten.«

So erfuhr ich von seiner Familie, der Vater auf Hartz IV, Alkoholiker, die Mutter Verkäuferin in einem Supermarkt und Putzfrau in den Abendstunden, Bruder Marten ein Jobhopper, ständig kränkelnd und immer kurz vor dem totalen Zusammenbruch...

Wir haben über seine Familie nie ausführlicher gesprochen, und auch als ich nach dem mitgehörten Telefonat nachfragte, winkte Peer ab. Kein Thema. Erledigt. Zum Reden blieben nur der supersichere Coup und die kleinen Alltagsgeschichten aus der Werkstatt oder auch irgendeine blöde Fernsehendung. Beim Fernsehsport, Fußball oder Boxen, musste ich passen.

Jetzt frage ich mich, wie ich das ausgehalten habe mit Peer. Wahrscheinlich war ich nicht nur auf der Suche nach einem Vater, sondern auch nach einem beschützenden, großen Bruder. Und mit diesem Bruder, den ich vielleicht in Peer gefunden hatte, verband mich eine erstaunliche (gar nicht geschwisterliche) Körpersprache. Die war nicht einfältig und einseitig wie unsere sonstigen Gespräche, da gab es eine Übereinstimmung, die vielvielviel befriedigender war als die belanglosen Worte, die wir miteinander gewechselt haben.

Du warst nie brüderlich, Kuhl, du warst von Anfang an das Fremde, die Irritation, die Unsicherheit, das weit Entfernte.

Vielleicht war Peer in seiner Gegensätzlichkeit zu dir eine Notwendigkeit für mich. Allein die äußerlichen Unterschiede sind gravierend: Er ist nur wenig größer als ich, wirkt aber durch seine Körperlichkeit, vielleicht müsste ich sagen, durch seine Stämmigkeit, wie ein großer starker Mann; du dagegen mit deiner Schlaksigkeit, mit deiner gebückten Haltung, wenn du in meine Mansarde kamst! Dabei passtest du genau durch die Tür, und auch die Zimmerdecke war nicht so niedrig, dass du gekrümmt gehen musstest.

Trägst du dein Indianerhaar noch immer lang, Kuhl? Deine Haare sind viel zu fein, um sie so lang zu tragen, aber das habe ich dir damals schon gesagt. Auch in dieser Beziehung ist Peer das gespuckte Gegenteil von dir. Seine Haare, blond übrigens, strohblond, sind bürstenkurz und bürstenhart. Man könnte sie zur Massage verwenden. Manchmal, wenn ich wütend auf ihn war, habe ich gesagt, ich skalpiere dich und verkaufe deine Bürste bei eBay.

Schade, dass ich weder ein Foto von Peer noch von dir habe, Kuhl. Ich würde euch nebeneinanderlegen. Und wieder voneinander abrücken und mich in die Mitte platzieren. Und mich wieder herausnehmen. Ich habe da nichts mehr zu suchen.

Ich stelle mir vor, dass du ein gefragter Anwalt bist, dass du in einer Sozietät arbeitest, die weltweit tätig ist. Natürlich hat sie ihren Sitz in einem der teuersten Viertel Hamburgs, mittendrin oder meinetwegen in Blankenese (da war ich einmal), wie immer auch die begehrten Adressen heißen. Du schreibst nicht mehr, jedenfalls keine Gedichte, oder etwa doch? Vielleicht abends eine Zeile am Kamin, wenn das Feuer besonders wild flackert? Was hast du für eine Frau, Kuhl? Natürlich bist du verheiratet. Hast du Kinder?

Nein. Ich will mir nichts vorstellen. Dann kann ich nicht weiterschreiben.

Ich habe mich mit Anna Szepannek getroffen. Wir saßen zwei Stunden im Café. Sie hat geredet und geredet. Deshalb hatte sie mich angerufen. Sie brauchte jemanden zum Reden, jemanden, der ihr zuhört, jemanden, der nicht seine eigenen Geschichten loswerden will, sondern bereit ist, Geschichten aufzunehmen, und sie brauchte ein Gegenüber, ein echtes, wirkliches – virtuelle Gegenüber hatte sie mehr als genug.

Sie entschuldigte sich noch einmal wortreich für ihr Verhalten. Das sei das Dümmste, was man überhaupt machen könne, sagte sie, nicht mehr mit jemandem zu reden. Sie wisse nicht mehr, was in sie gefahren sei, sie fühle sich schuldig und mies, dass sie mir Hilfe und Unterstützung verweigert habe. Sie könne sich das nicht erklären, vielleicht sei es der Schock des Banküberfalls gewesen, die misstrauische Stimmung in der Bank, die sei irgendwie ansteckend gewesen. Und als ihr endlich bewusst geworden sei, wie idiotisch sie sich benommen hatte, habe sie sich nicht getraut, mich anzurufen, sie habe sich einfach geschämt. Das alles habe die ganze Zeit in ihr gearbeitet, und dann, jetzt endlich, habe sie gewagt, sich bei mir zu melden.

»Du musst mir das verzeihen«, sagte sie, und umfasste meine Hände.

Mir fiel erst an dieser Stelle ein, dass wir uns duzten, und ich mühte mich, sie beim Vornamen zu nennen. »Anna«, sagte ich, »vergessen wir das alles. Wie geht es dir, ich hoffe, du bist glücklich geworden mit Harry?«

Anna Szepannek stieß einen tiefen Seufzer aus.

Gleich platzt sie aus der Bluse, dachte ich, ein Knopf nach dem anderen wird abspringen. Sie hat einige Kilos zugelegt, ihre Sachen sitzen noch enger am Körper als früher, und eigentlich dürfte sie sich überhaupt nicht bewegen.

»Harry ...«, sie stöhnte und verzog den Mund, als hätte sie in eine Zwiebel gebissen, »Harry war der totale Reinfall. Du hattest ja gerade noch die Kurve gekratzt, bevor dein Typ die Bank überfiel, ich aber bin reingerasselt, blauäugig, wie ich war.«

»Wie, dein Harry ist ein Bankräuber?«

»Das würde dieser Feigling sich nicht trauen. Das wäre ja noch was gewesen, ein echter Coup. Von einem richtigen Mann. Nee, Harry ist eine miese kleine Ratte. Im Grunde ein Kinderficker.«

»Wie bitte?«

Anna schlug mit der Hand auf den Tisch. »Das Blödeste, was man sein kann, ein alberner Betrüger, ein Schlappschwanz, auf den ausgerechnet ich hereingefallen bin.«

»Was denn nun? Eins nach dem andern. Erzähl bitte.«

Anna war dankbar für meine Aufforderung. Sie holte tief Luft.

»Wir hatten ein paar schöne Wochen. Harry war ausgesprochen charmant, er machte mir Komplimente, lud mich zum

Essen ein, umschmeichelte mich wie lange keiner mehr. Im Bett war es nicht so rosig, aber da muss man, wenn man nicht mehr jung ist, ein bisschen Geduld haben. Und ich brauchte mir nur die Langweiler und Perversen vorstellen, die ich im Netz kennengelernt hatte, und schon war es mit Harry gut. Das wird sich noch entwickeln, dachte ich, in jedem Fall ist er solide. Wie verblendet ich war, unfassbar.«

Anna schlug die Hände vors Gesicht und schluchzte. »Man wird so bedürftig nach einer gewissen Zeit. So sehnsüchtig nach Aufmerksamkeit und Zuwendung. Und schon fällt man auf jedes Süßholzgeraspel herein. Aber das mir das passieren musste. Ausgerechnet mir! Ich bin doch realistisch. Mir macht so leicht keiner was vor. Aber Harry ...«

Anna holte aus ihrer Handtasche Lippenstift und Puderdose heraus. Sie legte ein bisschen Make-up nach und lächelte mich dann verlegen an.

»Entschuldige bitte. Jetzt hat es mich gerade mal so richtig erwischt. Und dann diese Scheißtechnik. Früher hat man sich zu Hause oder auf der Arbeitsstelle angerufen, um sich zu verabreden, heute läuft das nur übers Handy. Also kannst du dem Anrufer Gott weiß was erzählen, wo du gerade bist. Die ideale Voraussetzung für Betrug.

Ich habe Harry nur selten tagsüber angerufen, um ihn nicht bei der Arbeit zu stören, manchmal aber schon, und natürlich dachte ich, er sitzt in seinem Büro am Schreibtisch. Harry hatte aber gar keine Arbeitsstelle. Alles erfunden, erstunken und gelogen. Ich weiß nicht einmal, ob er eine eigene Wohnung besitzt. Wir waren immer bei mir, es ergab sich so, ohne dass wir darüber gesprochen hätten. Die Frage, gehen wir zu dir oder zu mir, hat keiner von uns gestellt. Ich muss allerdings auch sagen, dass ich mich gefreut habe, ihn mit zu mir zu nehmen. Es kommt ja kaum jemand zu Besuch, man trifft sich im Café oder im Restaurant.

Ich habe wirklich eine schöne Wohnung, in der ich viele Gäste empfangen könnte, aber ich lade keine ein. Ehrlich gesagt, ich habe keine Lust dazu, ich wüsste auch nicht, wen. Aber wenn Gäste kämen, dann müsste ich alles alleine herrichten, alles alleine wegräumen, am Ende stehst du in deiner leeren Wohnung herum und bist, wenn alle gegangen sind, einsamer als zuvor. Als sich das mit Harry so gut anließ, habe ich gedacht, jetzt kann ich mal wieder eine Party machen oder Leute zum Essen einladen.

Harry hat es sehr bei mir gefallen, das war nicht dahergesagt, man sah, dass er sich wohlfühlte. Und so fielen immer häufiger Sätze wie: Es ist so gemütlich bei dir, wir sollten zusammenwohnen, wir sollten heiraten. Diese Sätze kamen eher nebenbei, wohldosiert, sie schafften Nähe und Vertrauen, alles war so selbstverständlich. Verstehst du?«

Anna spreizte die Hände und schaute mich mit aufgerissenen Augen an.

»Verstehst du, was ich meine?«

Ich nickte.

»Er hat mich eingelullt. Systematisch. Maria, ich lade dich zum Prosecco ein. Wir müssen mal anstoßen. Auf meine Blödheit. Das Beste kommt noch. Vorher brauche ich aber einen Schluck zur Stärkung.«

Anna bestellte zwei Gläser Prosecco. Wir stießen an, tranken, dann redete Anna weiter.

»Irgendwann rief er mich vormittags in der Sparkasse an. Ganz aufgeregt. Schatz, ich muss sofort in die Uckermark. Es ist etwas mit dem Haus passiert. Ich kann dir das jetzt auf die Schnelle nicht im Einzelnen erklären. Zu kompliziert, es gibt ein Angebot ... Kann ich dein Auto haben? Meines ist in der Werkstatt. Und tu mir bitte einen großen Gefallen, leih mir bis morgen oder übermorgen 10.000 Euro, das geht schneller, wenn du es abhebst. Ich bin in einer Viertelstunde bei dir, ich nehme mir ein Taxi.«

Anna trank ihr Glas aus.

»Er kam also in die Bank. Und was habe ich getan? Ich habe ihm meinen Autoschlüssel und die 10.000 Euro gegeben, die ich auf einem Extrakonto hatte. Das kannst du glauben oder nicht. Alles ist futsch, Harry, Auto, Geld.«

»Aber – «

»Das Auto hatte ich erst letztes Jahr gekauft. Frag mich nicht, wo es jetzt ist. Vielleicht in Polen, in Litauen, in Rumänien. Es war viel zu viel Zeit verstrichen, um Harry noch auf die Spur zu kommen.

Ich hatte ihn an dem Tag, als er losgefahren war, ein paarmal angerufen. Nichts. Dann rief er zurück, sagte, ich bin in einem Funkloch, ich versuche es später. Also habe ich gewartet. Am nächsten Tag habe ich es x-mal versucht und ihn nicht erreicht. Natürlich habe ich mir Sorgen um ihn gemacht, vielleicht war ihm etwas passiert, ein Unfall oder was auch immer.

Auf die Idee, dass er mich ausgenommen haben könnte, kam ich nicht, an ihm selbst hatte ich überhaupt keine Zweifel, da war ich ohne Arg. Erst nach ein paar Tagen dämmerte mir, dass etwas nicht stimmte. Ich rief bei der Krankenkasse an, bei der er, wie er gesagt hatte, arbeitete. Er hatte sogar, als wir mal an dem Gebäude vorbeikamen, auf ein Zimmer gedeutet und gesagt: Da oben ist mein Büro. Ziemlich dreist. Jedenfalls kannte man ihn dort nicht. Kurz: Harry hatte sich in Luft aufgelöst.«

»Bist du zur Polizei gegangen?«

»Nein. Deshalb erzähle ich die Geschichte eigentlich auch niemanden. Und du versprichst mir bitte, bitte, dass du sie für dich behältst. Ja?«

Ich nickte.

»Diese Schmach wollte ich nicht zur Polizei tragen. Es war ausschließlich meine eigene Blödheit. Die Polizisten hätten sich kaputtgelacht. Auf so einen Typen hereinzufallen, wie dumm muss man sein? Ich bin sicher, sie hätten keinen Finger gerührt. Außerdem hätte ich zu Protokoll geben müssen, wie ich Harry kennengelernt habe. Die ziehen einen aus bei der Polizei, jedes Detail hätten sie wissen wollen. Für was? Das Geld und das Auto kann ich abschreiben. Warum sich also noch weiter entblößen. Ich war durch Harry gedemütigt genug.«

»Aber – «

»Es ist mir unbegreiflich, dass ich sein Spiel nicht durchschaut habe. Rückblickend kann ich für jeden Tag unseres Zusammenseins eine Situation oder eine Bemerkung nennen, die mir komisch vorkam, die mich stutzig gemacht hat. Vorbei. Jetzt bin ich wieder bei Sinnen und kann eins und eins zusammenzählen. Im Bilanzieren war ich immer gut.«

Im Bilanzieren war ich immer gut – diesen Satz wiederholte ich mich für und dachte, während Anna Szepannek weiterredete, an die Gedichtzeile, die ich beim Literaturprofessor gelernt hatte. Von Rot zu Grün stirbt alles GELB. Von Rot zu Grün stirbt alles GELD. Ich weiß nicht, warum sie mir einfiel, wie sie dahin passte, was sie bedeutete, aber sie kreiste in meinem Kopf, sodass ich wenig auf das achtete, was Anna sagte. Erst als die Kellnerin an unseren Tisch kam und fragte, ob alles in Ordnung sei, nahm ich Anna und das Café wieder wahr.

»Möchtest du noch einen Prosecco?«, fragte Anna.

Ich schüttelte den Kopf. »Nein, danke. Es ist auch Zeit. Ich muss nach Hause.«

»Du willst schon gehen? Du hast mir nicht erzählt, was du jetzt machst.«

»Das nächste Mal, Anna.«

»Du könntest mich besuchen. Ich lade dich zum Abendessen ein. Ich kann gut kochen! Wir könnten auch mal zusammen ins Kino gehen.«

»Irgendwann später. Ich will nicht so viel unternehmen. Ich bin noch krankgeschrieben.«

»Hast du ernsthaft etwas? Oder ist es nur so?«

»Nach dieser ganzen Geschichte brauche ich Ruhe, Anna. Viel Ruhe. Verstehst du?«

»Ja, ich verstehe. Aber ich könnte dir etwas Feines zubereiten. Du bist jetzt auch allein. Wir essen zusammen und machen uns einen ganz ruhigen Fernsehabend.«

»Lass gut sein, Anna. Irgendwann unternehmen wir was. Wenn ich wieder gesund bin. Jetzt muss ich wirklich gehen.«

Das war das Treffen mit Anna Szepannek.

Nein. Ich werde mich nicht von ihr zum Abendessen einladen lassen und schon gar nicht gemeinsam mit ihr fernsehen. Eigentlich möchte ich Anna Szepannek überhaupt nicht mehr wiedersehen.

Ich muss mir überlegen, Kuhl, wie es weitergeht. Was ich mit meinem Leben anfange. In ein paar Monaten werde ich fünfunddreißig. Ein Winterwurf. Im Kalten gezeugt, im Kalten auf die Welt geworfen, den hellen warmen Sommer im finsteren Bauch verbracht. Meine Mutter hat gesagt, es sei ein heißer Sommer gewesen, unerträglich heiß, bei solchen Temperaturen dürfte man nicht schwanger sein, sie sei sich manchmal vorgekommen wie ein wandelnder Backofen und, das hat sie lachend gesagt (ich habe es ernst genommen), sie habe gedacht, in dieser Hölle könne nur ein Teufel heranwachsen.

Meine Mutter liebte den Film »Rosemaries Baby«, sie hatte mir, wenn ich Gruselgeschichten hören wollte, häufig Szenen daraus geschildert. Als ich den Film schließlich selbst im Fernsehen sah (alleine zu Hause), ich war vielleicht neun oder zehn Jahre alt und wieder einmal in einer besonders starken Vatersehnsuchtsphase, wurde mir schlagartig alles klar. Es lag auf der Hand, ich war ein Kind des Teufels, irgendeines Satans, der sich aber nicht um mich kümmerte, weil ich nicht der erwünschte Sohn, sondern nur eine minderwertige Tochter war. Kein Wunder, dass meine Mutter mir den Namen meines

Vaters nicht verriet. Wahrscheinlich gehörte sie irgendeiner geheimen Sekte an, von der niemand etwas wissen durfte.

Natürlich habe ich nach dieser Erkenntnis meine Mutter sehr genau beobachtet. Und es fanden sich unzählige Belege für ihre Teufels-Zugehörigkeit, angefangen bei ihrem hexenhaften Aussehen, den flammend roten Haaren, bis zu den nächtlichen satanischen Ritualen, der sphärischen Musik, dem Kerzenlicht, den Geräuschen, die unmenschlich, überirdisch klangen und die mich oft aus dem Schlaf rissen. Selbst ihre Kundinnen sprachen manchmal von ihrer teuflischen Schneiderkunst.

Das war eine schlimme Phase. Auf der Suche nach Beweisen pendelte ich zwischen höllischer Angst vor meiner Mutter und dem Stolz, etwas Besonderes zu sein, hin und her. Zum Glück ging diese Phase irgendwann vorbei.

Trotzdem, das Gefühl, anders, nicht zugehörig, ausgeschlossen zu sein, ist geblieben. Warum aber dieses Schuldgefühl? Worin, verdammt, besteht meine Schuld? Wenn meine Mutter Schuldgefühle hat, ist mir das recht, die kann und soll sie haben, nur mich hätte man damit bitte verschonen müssen, das möchte ich nach oben oder nach unten, wo immer der Verantwortliche sitzt, sagen. Vor Kurzem las ich einen Artikel über die »Tigerwitwen«. In Bangladesch werden immer wieder Waldarbeiter von Tigern angefallen und getötet. Schuld an diesem Tod sind ausschließlich die Frauen. Es gibt keine richtige Erklärung dafür, aber es wirkt wie ein Gesetz, wie ein Fallbeil. Kein Entkommen aus dieser Schuld. Die Frauen selbst fühlen sich schuldig, und sie werden von den Dorfbewohnern als Schuldige angesehen, also jagt man sie nach dem Unglück, samt Kindern, aus dem Dorf.

Dieser Artikel geht mir nicht aus dem Kopf. Wieso fühlen die Frauen sich schuldig, wieso werden sie als Schuldige angesehen?

Ich muss es mir immer wieder sagen: Ich habe keine Schuld daran, dass meine Mutter mit irgendeinem Teufel im Bett war und schwanger wurde. Ich muss nicht auf der Welt sein. Die Welt käme gut ohne mich aus, und ich käme gut ohne sie aus, aber wenn man nun einmal da ist, ist es eben nicht so leicht, sich selbst auszuradieren. Und wenn es doch möglich ist? Dann würde ich dich vorher gerne noch einmal sehen, Kuhl, oder gehe ich gleich in die Mangrovenwälder, um wilden Honig zu sammeln?
Soll ich dich als Tigerwitwer zurücklassen?

Einmal hatte ich einen Streit mit meiner Mutter, der damit endete, dass wir beide heulten. Der ging in etwa so:
　Meine Mutter schrie: Hör auf, mir nachzuspionieren!
　Ich sagte ganz ruhig: Dafür habe ich überhaupt keine Zeit, wir schreiben jede Menge Arbeiten, ich muss lernen.
　Und warum lernst du dann nicht, warum schleichst du mir nach?
　Warum sollte ich dir nachschleichen? Du siehst Gespenster.
　Wenn einer Gespenster sieht, dann bist du es. Was willst du herausfinden? Mit wem ich mich in der Stadt treffe oder mit wem ich ins Kino gehe? Das kann ich dir sagen. Das ist kein Geheimnis.
Du machst aus allem ein Geheimnis.
Dann frag mich.
Du gibst mir nie eine Antwort.
Wenn du Fragen stellst, die ich beantworten kann, bekommst du Antworten.
Habe ich einen Vater?
Du bist nichts Besonderes. Nicht vom Himmel gefallen. Natürlich hast du einen Vater.
Und wo ist er?
Das weiß ich nicht.
Du lügst.

Ich lüge nicht. Ich weiß es nicht. Und ich habe dir x-mal gesagt, dass ich über deinen Vater nicht sprechen will, ich habe dich x-mal gebeten, das zu akzeptieren.
Triffst du dich mit ihm?
Herrgott noch mal, nein!
Ich habe dich gestern Abend mit einem Typen gesehen.
So. Du hast mich gesehen.
Ja. Zufällig habe ich euch gesehen.
Der Mann, mit dem du mich gesehen hast, hatte mich zum Essen eingeladen.
Zum Essen?
Ja.
Wieso lädt der dich zum Essen ein?
Stell nicht so idiotische Fragen. Er ist sehr nett. Du wirst ihn kennenlernen.
Ich will ihn nicht kennenlernen. Langweiler, Kategorie eins.
Es ist unmöglich, mit dir ein vernünftiges Wort zu reden.
Das liegt nicht an mir. Das liegt an dir.
Was hast du um acht in der Stadt gemacht?
Ich hatte eine Verabredung.
Mit wem?
Mit Leah.
Dann seid ihr mir beide nachgeschlichen? Hör bitte auf, die Detektivin zu spielen, das ist lächerlich, Maria.

Lächerlich? Es ist lächerlich, wie du versuchst, dir einen Mann zu angeln. Dann auch noch solche Typen. Ätzend. Reichen dir die Ehemänner deiner Kundinnen nicht? Es hüpfen genug in unserer Wohnung herum. DAS ist lächerlich! Ich muss nicht einmal aus dem Haus gehen, um mir deine lächerlichen Männer anzugucken. Und jetzt sag nur nicht, die Ehefrauen seien selbst schuld daran, dass die Männer sie betrügen.

Geh bitte in dein Zimmer und kümmere dich ums Lernen.

Du kannst mich nicht immer beiseiteschieben, wenn es unbequem wird. Du hättest mich gleich abtreiben sollen. Oder wenigstens zur Adoption freigeben. Dann hätte ich vielleicht sehr nette Eltern bekommen.

Maria, hör endlich auf mit diesem schrecklichen Gerede.

Ich sage nur die Wahrheit.

Ich will dir mal etwas sagen. Ich wollte dich. Hundertprozentig. Das war überhaupt keine Frage für mich. Und ich kann dir sagen, dass es nicht einfach war. Deine Großmutter, zum Beispiel, MEINE Mutter, war entsetzt darüber, dass es für mich selbstverständlich war, das Kind, nämlich dich, allein aufzuziehen. Sie hat mir eine Abtreibung nahegelegt, weil sie es ihr Leben lang nicht verwunden hat, dass ihr kurzzeitiger Ehemann, der ziemlich sicher NICHT mein Vater ist, sie während der Schwangerschaft verlassen hat. Verstehst du? Ihr wäre es lieber gewesen, ich hätte das Kind, DICH, nicht auf die Welt gebracht oder es zumindest irgendeinem Mann untergejubelt.

Die Omi ist also schuld?

Schuld? Wer redet von Schuld.

Die Omi ist schuld, du bist schuld, ich bin schuld. Was für ein Schuldensumpf.

Maria, es geht nicht um Schuld, rede nicht so einen Unsinn.

Es ist ekelhaft, es ist widerlich. Mir wird ganz schlecht davon. Ich kotze gleich.

Ich bin schreiend im Kreis gelaufen. Meine Mutter versuchte, mich festzuhalten, sodass wir beide schreiend, dann heulend miteinander rangen. Als wir uns beruhigt hatten, saßen wir erschöpft und schweigend nebeneinander auf der Couch. Eine halbe Stunde. Vielleicht eine Stunde. Vielleicht auch drei Wochen.

Es ist schon Ende August, und ich verbringe den Sommer in der Stadt. Ich habe überlegt, ob ich eine Reise mache. Zwei Wochen einfach raus. Gleichzeitig denke ich, ich muss hierbleiben, um meinen Brief zu Ende bringen, aber wird er ein Ende haben? Es ist ja kein Roman, der einen Anfang und ein Ende hat. Und was heißt Ende? Ich habe Angst davor, dass ich irgendwann sage: Jetzt ist Schluss, jetzt wird er abgeschickt. Wenn man einen Brief schreibt und abschickt, will man eine Antwort darauf haben. Aber kann ich von dir erwarten, Kuhl, dass du mir eine Antwort schickst? Und wie sollte diese Antwort aussehen? Ich verbringe Stunden damit, mir auszumalen, was du auf meinen Brief antwortest.

Ich führe ein einsames Luxusleben, das denke ich manchmal, wenn wieder ein Tag, ein Abend vergangen ist und ich nichts anderes gemacht habe, als in der Vergangenheit herumzustochern und ein paar Sätze zu tippen.

Die vom Arzt verschriebene Krankheit, meine legitimierte Ruhezeit, ist vorbei, und ich wundere mich, dass Angst und Panik ausbleiben, schließlich habe ich es nie lange ausgehalten ohne Job, ohne eine Arbeit. Vielleicht ist die Pause notwendig, vielleicht existenziell, weil ich klären muss, was ich will und wie ich weitermache. Das waren alles Irrwege bisher. Ich, eine Bankangestellte, das war gut gemeint von der Agenturberaterin, das war auch gut gemeint von mir, aber total daneben. Ich sollte Peer dankbar sein. Er verbringt übrigens die nächsten zwei oder drei Jahre im Gefängnis; er hat Glück gehabt, dass sie ihn gleich erwischt haben mit der ganzen Kohle auf dem Rad und dass er keine Waffe benutzt hat, sonst hätten sie ihn wohl länger eingebuchtet. Ja, in gewisser Weise schulde ich ihm Dank. Ohne seinen supersicher danebengegangenen Coup würde ich weiter Anlagekonzepte entwickeln und Kunden in Vermögens- und Versicherungsfragen beraten.

Was immer ich in Zukunft arbeiten werde, es muss etwas Selbstständiges sein. Ich habe mir, nach gründlicher Überlegung, eine Liste gemacht. Das war gar nicht so einfach, weil ich zuerst sortieren musste nach Kenntnissen, Fähigkeiten,

Wünschen, schnellen Ausbildungsmöglichkeiten, Eigenkapital, Krediten, Rentabilität, Perspektiven und so weiter. Was hältst du von meiner Liste, Kuhl? Ich könnte:
- diverse Geschäfte eröffnen, von einer Kneipe bis zum Dessous-Laden (der Nachteil wäre, dass ich Angestellte und viel Kapital brauchte)
- als Immobilienmaklerin arbeiten (gute selbstständige Tätigkeit ohne größeren Aufwand)
- im Consulting-Bereich, eine Agentur für Anlagen/Vermögensberatung bis Event-Management oder –
- eine PR-Agentur, auch eine Social-Network-Agency.

Für alle Berufsfelder werden Schnellkurse angeboten, und in vier Wochen oder längstens in zwei, drei Monaten kann man sich die notwendigen Kenntnisse aneignen. Durch meine Bankausbildung habe ich natürlich einen unschätzbaren Vorteil, auch durch die vielen früheren Jobs, ja selbst das Vorlesen bei dem Literaturprofessor war eine kostbare Erfahrung. Ich habe sogar überlegt, ob es nicht eine Möglichkeit wäre, das Vorlesen (ich denke dabei nicht an meine Zusatzdienste) zu institutionalisieren.

Ich sammle, erweitere meine Liste, streiche Ideen, die mir zu abwegig erscheinen. Es ist der Anfang vom Neuanfang. Manchmal allerdings fällt es mir schwer, an einen Neuanfang zu glauben. Aber ich habe vorerst auch anderes zu tun. Erst der Brief an dich, dann das Leben.

In die Sparkasse kam übrigens häufiger eine Kundin, die mir gefiel, weil sie irgendwie ein schräger Vogel war. Eine ältere Frau, mal gut und teuer gekleidet, mal etwas verwahrlost aussehend, man wusste nicht genau, wo man sie hinstecken sollte.

An manchen Tagen wirkte sie fast wie eine Pennerin. Meistens hatte sie einen schwarzen ledernden Rucksack dabei, und aus diesem Rucksack holte sie, wenn sie an der Kasse stand, eine Plastiktüte, die schwer beladen war. Zehn, zwanzig Geldrollen hievte sie auf den Kassentisch, 20- und 50-Cent-, 1-Euro- und 2-Euro-Rollen. Sie tauschte die Münzen in Scheine um. Anna Szepannek hatte ihr mehrfach gesagt, dass sie die Münzen nicht rollen müsse, es gebe draußen Automaten, in die sie die Münzen lose hineinschütten könnte. Das sei doch viel bequemer.

»Ich will aber rollen«, sagte die Frau eins ums andere Mal.

»Die muss einen Hau haben«, sagte Anna zu mir. Ich habe Anna nach dem Namen der Kundin gefragt und mir ihre Konten und Kontobewegungen aufgerufen. Arm war sie nicht, zwar kein Gehalt, aber Einkünfte, mal größere, mal kleinere Beträge. Offensichtlich arbeitete sie frei, wahrscheinlich als Journalistin, denn das Geld kam von Zeitungen und Zeitschriften. Kein Online-Banking, sie warf ihre mit der Hand ausgefüllten Überweisungen in den Bank-Briefkasten. Sie hatte auch Sparguthaben und Fonds-Anteile, aber, das sah ich auf ihrem Depotvertrag, mit einer risikolosen Anlagestrategie. Also alles sehr vorsichtig und solide. Irgendwann hatte ich Kassendienst, als sie in die Bank kam. Sie packte ihre Geldrollen auf den Tisch (sie war elegant gekleidet und sah an dem Tag aus wie eine Dame der High Society) und lächelte mich an.

»Wenn Sie das bitte umtauschen würden«, sagte sie.

»Gerne«, antwortete ich. »Sie wissen, dass Sie die Münzen nicht extra rollen müssen, wir haben draußen einen Automaten, da können Sie sie einfach hineinwerfen.«

»Ich weiß«, sagte die Frau, »ich möchte sie aber rollen.«

»Warum machen Sie sich so viel Arbeit?«, fragte ich.

»Für Sie ist wahrscheinlich jeder Umgang mit Geld Arbeit«, sagte sie, »für mich ist es keine Arbeit.«

»Das verstehe ich nicht.«

»Das macht nichts.«

Ich zählte die Rollen und gab die Summe ein, dann legte ich die Scheine, die die Geldausgabe freigab, auf den Tisch.

»200 Euro. Nicht schlecht. Wie kriegen Sie die vielen Münzen zusammen?«

»Nicht durch Betteln und nicht durch Singen. Ich sammle einfach mein tägliches Kleingeld.«

Sie sagte das etwas von oben herab, mit einem ironischen Lächeln, und ich dachte, verdammt, sie ist eine Kundin, ich habe eine Grenze überschritten. »Entschuldigung«, sagte ich, »dass ich so indiskret gefragt habe, es interessiert mich einfach.«

»Jaja«, murmelte sie, »geben Sie mir bitte noch Einrollpapier mit. Ich brauche Lila und Gelb für die 1- und 2-Euro-Stücke. Die sind mir die liebsten. Erstens braucht man nur 25 Münzen zu rollen und zweitens lohnt es sich.«

»Wie lange sammeln Sie denn, um 200 Euro zusammenzuhaben?«

»Ich weiß es nicht. Mal kürzer, mal länger.«

»Jedenfalls kommt etwas zusammen.«

»Ja. Ich bin auch immer wieder erstaunt darüber.« Sie hatte die vier 50-Euro-Scheine in ihr Portemonnaie gesteckt.

»Es ist nicht einfach, die Münzen stramm zu rollen.«

»Richtig. Die 1- und 2- Cent-Stücke sind übrigens sehr widerspenstig. 50 Winzlinge, und das ergibt dann gerade mal 50 Cent oder 1 Euro pro Rolle. Sie bringen am wenigsten und machen am meisten Ärger.«

»Sie haben das sicher irgendwo gelernt.«

Sie schaute mich überrascht an. »Gelernt? Es war die liebste Beschäftigung in meiner Kindheit. Ich saß mit meinem Vater und meiner Mutter am Tisch, der Tisch war voller Münzen; wir haben die Münzen gezählt und sie in Zehnertürmen aufgestellt, um sie dann in die entsprechenden Papiere zu rollen. Das waren die schönsten Stunden, die einzigen schönen Stunden, die ich mit meinem Vater und meiner Mutter verbracht habe. Verstehen Sie?«

Wahrscheinlich habe ich dumm angeguckt.

Sie lachte. »Andere Familien haben ‚Mensch-ärgere-Dichnicht' gespielt, wir haben Geld gezählt. Was haben Sie mit Ihren Eltern gemacht?«

»Mit meinen Eltern? Vater – Mutter?«

Der Pfeil saß. Er sitzt immer. Keiner denkt daran, was er anrichtet, wenn er mir diese Frage stellt. Eltern. Vater. Mutter. Fuck off möchte ich dann schreien. Ich habe keinen Vater. Ich habe keine Eltern, und meine Mutter, ha, die kannste in der Pfeife rauchen.

Zum Glück warteten zwei weitere Kunden an der Kasse, die schon nervös herumtippelten.

»Entschuldigen Sie«, sagte ich, »da warten Kunden.« Ich schaute an ihr vorbei zu den Wartenden.

»Auf Wiedersehen.« Sie lachte. »Und kommen Sie mir nicht noch mal mit dem Münz-Automaten. Halt«, rief sie, schon im Umdrehen, »die Einrollpapiere. Hätte ich fast vergessen.«

Ich nahm die bunten Papiere aus der Schublade und gab sie ihr.

Als ich Anna Szepannek später von dem Gespräch mit der Frau erzählte, schüttelte sie den Kopf. »Ich habe dir gesagt, dass sie einen Hau hat.«

An diese Frau muss ich manchmal denken, auch an andere Kunden, die man ebenso wenig einordnen konnte wie sie. Und mit dem Bankgeheimnis, das ist so eine Sache. Natürlich konnte ich mir alle möglichen Daten auf den Schirm holen. Da läufst du mit einem Wissen herum, das du manchmal lieber nicht hättest.

Aber das interessiert mich heute nicht. Mit meinen Gedanken bin ich hundert Jahre zurück, so kommt es mir vor, die Kindheit, meine Mutter, die Streunerzeit, der Hasenstall, die Stunden, Tage, Wochen, Monate mit dir, Kuhl, alles weit, weit weg und gleichzeitig hautnah, schmerzhaft, glückbringend, als sei ich mittendrin. Leah schimpft ab und zu mit mir. Guck nach vorne, sagt sie. Ich habe ihr meine Liste gezeigt, meine Zukunftsplanung. Das hat sie beruhigt. Vielleicht könnte ich auch etwas mit Leah zusammen aufbauen. Sie arbeitet als MTA in einer großen Radiologie/ Nuklearmedizin-Praxis und denkt schon seit einiger Zeit daran, dort aufzuhören. »Massenabfertigung«, sagt sie, »Fließbandarbeit. Ich habe keine Lust mehr. Und wenn ich nicht aufpasse, schiebe ich irgendwann einen Patienten in die falsche Röhre.«

Wir müssten uns überlegen, wo Leah ihre medizinischen Kenntnisse einsetzen könnte, eine Art Pflege- oder Medizin-Service-Agentur vielleicht. Aber ich darf mich nicht von solchen verrückten Ideen verführen lassen, es geht um MICH, um MEINE Arbeit, um MEINE Selbstständigkeit, und es wäre wahrscheinlich gar nicht gut, wenn wir zu eng aufeinanderhockten. Wir haben uns immer gut verstanden, wahrscheinlich, weil unsere Freundschaft, bei aller Nähe und Vertrautheit, nicht so klebrig war wie viele andere Mädchenfreundschaften, die ich kannte. Und wir sind uns nie – zum Glück – bei den Jungs oder später bei den Männern in die Quere gekommen. Sei es, weil wir einen ganz unterschiedlichen Geschmack haben oder weil wir gegenseitig unsere Eroberungen respektierten.

Du hast sie nicht kennengelernt, Kuhl, oder doch, du hast sie einmal kurz gesehen, als sie mich in Freiburg besucht hat. Ich kann mich nicht mehr genau daran erinnern, es war irgendetwas, jedenfalls war sie nur sehr kurz da. Ich glaube, sie hat dir gefallen. Ich werde Leah das nächste Mal fragen, ob sie sich an diesen Besuch und an dich erinnert.

Wir haben eigentlich wenig zusammen gemacht, Kuhl. Abends hatte ich Dienst in der Kneipe, tagsüber (du bist sehr spät aufgestanden!) warst du in der Uni oder in der Bibliothek. Meistens hast du mich an meinen freien Abenden zum Essen eingeladen, ausgerechnet bei dem teuren Italiener, darauf hast du bestanden. Du warst eben auch mindestens zwei; Kuhl, der

Sohn wohlhabender, ja stinkreicher Eltern (Karriere garantiert) und der Dachstubenpoet. Manchmal bist du, nachdem du ein paar Biere im Hasenstall getrunken hast, hoch in meine Mansarde gegangen, um zu schreiben. Das waren Glücksmomente für mich: Wenn ich nachts die Mansardentür öffnete und dich mit Stift und Papier an meinem Tisch sitzen sah.

Manchmal warst du so konzentriert bei der Arbeit, dass ich die Tür leise wieder zugezogen habe, zuerst ins Bad gegangen bin und dann, schnellschnell an dir vorbeihuschend, ins Bett.

Du musst von einem Glorienschein umgeben gewesen sein, Kuhl. Der Dichter bei der Arbeit, da bin ich in die Knie gegangen. Heiliger Josef und Maria, hast du das so inszeniert, oder war es MEIN Bedürfnis, dich anzubeten?

Nun kommt mir etwas in den Sinn, worüber wir nur ein einziges Mal gesprochen haben. Da hast du fast wie meine Mutter reagiert. Niewiederniewieder.

Ich habe dich immer ganz selbstverständlich »Kuhl« genannt. So hattest du es mir gleich bei unserer ersten Begegnung aufgetragen: Ich habe keinen Vornamen. Nur Kuhl, einfach Kuhl. Irgendwann hattest du deinen Studentenausweis in meiner Mansarde liegengelassen, und ich las zum ersten Mal deinen vollständigen Namen: Joseph Cornelius Maximilian Kuhl. Als ich dich nachts im Bett Joseph genannt habe, bist du an die Decke gegangen. Ich war sehr erschrocken über deine heftige Reaktion, ich hatte es liebevoll gesagt, ohne Ironie.

Ich will das nie wieder hören, hast du gebrüllt.

Joseph klang komisch, aber deshalb so viel Geschrei? Ich verstand deinen Wutausbruch nicht. Man kann nichts für seinen Namen, man kriegt ihn und hat ihn, fertig. »Ich heiße Maria«, flüsterte ich in dein Ohr und hoffte auf eine zustimmende Umarmung.

»Hör auf damit, bitte«, sagtest du gereizt, »das hat mich durch meine ganze Schulzeit begleitet, Jooseph und Mariaaa sitzen im Stall ... Joooseph, wo ist deine Maria, hast du sie ins Ohr gefickt oder in die Nase, Joooseph... pass auf deine Jungfrau auf, die treibt sich mit dem Heiligen Geist rum ... Ähhh.«

»Jetzt bist du groß und kannst darüber lachen«, habe ich zu dir gesagt.

Du hast sehr ernst geguckt und mir das Versprechen abgenommen, dich nie Joseph zu nennen, ich habe es dir gegeben.

Aber warum deine Eltern dich ausgerechnet Joseph genannt hatten, das wollte ich noch wissen.

Deine Mutter war es, deine jammervolle Mutter, die ihren Großvater, der das Familienvermögen begründet hatte, ehren wollte. (Kuhl, Ehre und Verantwortung für die Wahrung und Vermehrung des Kapitals ist dir mit dem Namen aufgehalst worden! Ist es das, was dir den Namen verleidet hat?)

Deine Eltern haben dich Joschi oder Jossel genannt (einmal sagte deine Mutter stöhnend »Joooseeefff«, das habe ich bei unserem unseligen Besuch gehört). Sie hätten dich auch Joschka rufen können, was viel schöner klingt, aber mit dem hatten sie nichts am Hut. Natürlich nicht. Als du geboren wurdest, war dieser Joschka noch ein linksradikaler revolutionärer Kämpfer, und später, als Politiker, gehörte er auch nicht der Partei an, die sie gewählt haben.

Maria und Joseph. Ein unmögliches Paar, Kuhl.

Der Dichter Kuhl war mir heilig, und ich weiß nicht, warum. Ich bin, was die Literatur betrifft, ganz unbeleckt. Meine Mutter hat kaum gelesen, meine Oma noch weniger; ich habe mir zwar Bücher aus der Stadtbücherei ausgeliehen, sogar Gedichtbände, aber das waren wahllose Zugriffe. Trotzdem gibt es eine Liebe zu den Büchern. Doch erst als ich beim Literaturprofessor arbeitete, entstand der Wunsch, mich intensiver mit Literatur zu beschäftigen. Ich habe Bücher mit nach Hause genommen, der Professor hat es, wenn es keine kostbaren

Ausgaben waren, wohlwollend gestattet und mich sogar immer wieder aufgefordert, weitere auszuleihen.

Ich denke zwischendurch immer wieder an ihn, mal sehe ich ihn als alten, liebes(sex)bedürftigen Mann vor mir, mal als Vater. Das hört nicht auf. Soll ich eine Psychoanalyse machen? Bringt mir das einen Vater? Ein Bild von ihm? Wenn mein Körper plan wäre wie eine Landkarte, dann gäbe es dort die berühmten weißen Flecken, unentdeckte, unerforschte Gebiete, Terra incognita. Mein Körperland hat viel zu viel davon. Im Kopf kein Bild, im Körper kein Gefühl für diese vaterlosen Stellen.

Gerade beschäftigt mich ein Kassierer aus dem Supermarkt. In der Regel sitzen Frauen an den Kassen, und sie sind in der Regel auch schneller als Männer, das ist jedenfalls meine Erfahrung. Ich wollte mich deshalb gar nicht an der Kasse mit dem Kassierer anstellen, aber es war die mit der kürzesten Schlange.

Es waren nur zwei Frauen vor mir, und die erste war schon am Bezahlen. Dann aber begann der Kassierer mit der Frau vor mir zu reden, einer kleinen dicken Frau mit Kinderwagen. Ich sah sie nur von hinten, konnte also nicht einschätzen, ob es die Mutter oder die Großmutter war, es interessierte mich auch nicht, ich habe mich nur geärgert, dass die beiden über Kinder und Kindererziehung sprachen, während ich warten musste. Einen Satz hörte ich. Der Kassierer, ein schlaksiger Mann mit fettigen längeren Haaren und pockennarbigem Gesicht, sagte kopfnickend zu der Frau: »Ja, das ist nicht leicht, die Kinder vom Computer und Handy wegzukriegen.« Er habe eine achtjährige Tochter. Der Satz endete mit einem tiefen Seufzer.

Endlich schob die Frau den Kinderwagen vor, packte die Sachen in einen Plastikbeutel und bezahlte. Nun sah ich sie von vorne. Ich war immer noch unsicher, ob es die Mutter oder die Großmutter war. Egal, sie war in jedem Fall eine unscheinbare, langweilig aussehende Frau. Was mich erstaunte, war das

Blinzeln des Kassierers. Er zwinkerte ihr mit dem rechten Auge zu. War das ein Flirt (er war so viel jünger als die Frau), oder war das ein Zeichen von Vertrautheit? Das ging mir durch den Kopf, während ich meine Milchtüten und Joghurtgläser in die Tasche stopfte. Als ich zahlte und mein Wechselgeld entgegennahm, zwinkerte der Kassierer auch mir zu. Er lächelte dabei, süß und klebrig und anzüglich. Mit diesem Zwinkern und diesem Lächeln bin ich nach Hause gekommen. Es beschäftigt mich immer noch.

Ich kann mich nicht daran erinnern, dass mich jemals ein Mann angezwinkert hat. Dieses Augenzwinkern kenne ich nur aus Filmen, und das waren immer ziemlich blöde Filme, Filme, die besonders witzig sein wollten. Vielleicht hatte der Kassierer aber auch eine Macke, vielleicht waren das Zwinkern und das zuckrige Lächeln zwanghaft.

Oder ICH fange an, unter Zwangsvorstellungen zu leiden. Jetzt hätte ich gerne eine Antwort von dir, Kuhl. Jetzt, in DIESEM Moment.

Jetzt, in DIESEM Moment, möchte ich nicht allein sein. Der Kassierer mit seinem Gezwinker hat mich daran erinnert, dass ich nicht nur vater-, sondern auch männerlos bin. Ich lebe absolut abstinent. Freiwillig – unfreiwillig. In DIESEM Moment, Kuhl, würde ich gerne mit dir zusammen sein, ganz. So, wie es früher gewesen war.

Es ist drei Uhr nachts, Kuhl. Ich bin aus meinem Traum geflohen. Ein Albtraum in mehreren Etappen. Zweimal bin ich zwischendurch aufgewacht und habe, kaum war ich wieder eingeschlafen, den Traum dort weitergeträumt, wo ich ihn unterbrochen hatte. Es hat mir gereicht. Ich bin aufgestanden und habe mir einen Tee gekocht.

Die Bilder verflüchtigen sich schon, das heißt, nicht die Bilder, die sind noch mit großer Intensität da, es ist eher die Logik, die Struktur, die sich auflöst. Im Traum war alles klar und eindeutig, folgerichtig, jetzt verschwimmen die Abläufe. Ich versuche es trotzdem, ich muss den Traum festhalten, bevor er ganz verschwunden ist. Das nämlich kenne ich, du träumst, wachst auf oder bist für eine halbe Sekunde bei Bewusstsein, voller Erstaunen über den irrsinnigen Film, den du gerade gesehen hast, und denkst, das wirst du nie vergessen. Und am Morgen, beim wirklichen Aufwachen, ist alles weg.

Der Traum begann mit Peer. Er saß auf seinem Fahrrad, fuhr aber nicht, obwohl er heftig in die Pedale trat. Er hätte auf der Stelle umfallen müssen. Pass doch auf, du Idiot, sagte ich, du liegst gleich auf der Nase. Peer reagierte nicht, und ich dachte, er hört mich nicht durch den Helm. Ich ging zu ihm, schrie in seinen Helm, Peer, hör auf, du fällst um, es ist dumm, was du machst. Ich umfasste den Lenker, griff nach rechts und nach links, um ihn mit der Fahrradklingel aus seinem Traum zu holen – ich war sicher, dass er träumt –, griff aber ins Leere, plötzlich war da kein Lenker mehr. Peer lachte und zwinkerte mit den Augen. Komm, sagte er, setz dich hinten drauf. Hinten drauf? Peers Rad hatte keinen Gepäckträger. Er zog mich zu sich heran und hievte mich mit einer schnellen Bewegung vor sich auf die Stange. War es die Stange, auf der ich hin und her rutschte, war es Peers Schwanz, war es seine Hand, ich konnte es nicht unterscheiden, alles war in Bewegung, und ich flüsterte, nicht so, Peer, und wollte es gerade so. Du machst alles kaputt, dein Rad, mich, dich, und ich dachte, wenn ich komme, falle ich vom Rad. Und ich sah längst keinen Boden mehr, ich wusste, ich würde in eine endlose Tiefe stürzen.

Ich habe mich durch den Abbruch des Traums gerettet. Ich vibrierte noch, als ich kurz die Augen öffnete, war perplex, war erschöpft, aber vor allem wütend. So eine Scheiße will ich nicht träumen.

Ich drehte mich auf die Seite und schlief weiter. Und sah wieder Peer, der nun wie Onkel Dagobert vor seinem geöffneten

Tresor stand und sich die Hände rieb. Wo hat er sein Fahrrad gelassen? fragte ich mich. Dann sah ich, wie jemand sich von hinten an ihn heranschlich. Ich wusste sofort, dass das Harry war, Annas Heiratsschwindler, und ich überlegte, ob ich Peer warnen sollte. Nein, beschloss ich, was immer passiert, es geschieht ihm recht. Harry war mit einem riesigen Kunstpenis aus Stein oder Marmor bewaffnet, mit dem er offensichtlich Peer niederschlagen wollte. Bevor er richtig ausholen konnte, hatte Peer seine Geldschaufel in der Hand und schlug, ohne sich umzuschauen, nach hinten. Er traf Harry voll auf den Kopf. Als Harry in sich zusammensackte, entglitt ihm der Penis, der, wie ich jetzt sah, weder aus Stein noch aus Marmor war, er stieg in die Höhe und flog wie ein schöner Luftballon davon. Ich bekam Angst, dass Peer, der sich nun händereibend über den blutüberströmten Harry beugte, seine Mordlust an mir auslassen könnte, und rannte davon. Damit hatte ich Peer aber erst auf mich aufmerksam gemacht, er sprintete hinter mir her.

Es wurde eine Verfolgungsjagd, wie ich sie nur aus meinen Jugendträumen kenne. Es gab Phasen, da bin ich jede Nacht vor irgendjemanden oder vor irgendetwas weggelaufen. Jede Nacht Angst und Panik, Schweißausbrüche, Schreie, sodass meine Mutter ins Zimmer gestürzt kam.

Peer war mir auf den Fersen, ich lief, orientierungslos und panisch, im Kreis herum. Ich stolperte über Harry und rutschte fast aus in dem Blut, das aus seinem Kopf gequollen war. Peer war mit einem Sprung bei mir, packte mich und hielt mich fest. Ein guter Mord, ein echter Mord, ein schöner Mord, flüsterte er in mein Ohr. So schön, als man ihn nur verlangen tun kann. Peer, schrie ich, bist du verrückt? Er zwinkerte mit dem rechten Auge und umarmte mich; wir tanzten eng umschlungen um Harry herum.

Tanzen, schweben konnten wir zusammen, ein Rhythmus, ein Körper, eine Bewegung. Plötzlich stöhnte Harry. Peer schaute, irritiert durch das Geräusch, auf den am Boden liegenden Harry. Durch diesen Moment der Unaufmerksamkeit konnte ich mich aus seiner Umarmung losreißen und weglaufen.

Irgendwann stand ich atemlos und erschöpft vor einem Haus. Peer war mir nicht gefolgt, aber die Angst saß mir im Nacken. Ich klingelte an der Tür des Hauses, ich klingelte Sturm, und als ich meinen Finger nach einer Weile vom Klingelknopf nahm und das Haus betrachtete, merkte ich, dass es das Haus des Literaturprofessors war.

Niemand öffnete, ich klingelte wieder und wieder. Dann hörte ich hinter mir Schritte. Er kommt nach Hause, dachte ich erleichtert. Es war nicht der Literaturprofessor, es war auch nicht Peer. Kuhl, jetzt verstehst du gleich, wie verrückt dieser Traum ist. Ich habe dir von Johannes erzählt, dem Schauspieler, meiner ersten Liebe, den ich, nachdem er nach Köln umgezogen war, nie wieder gesehen habe.

In meinem Traum stand er plötzlich hinter mir, fragte: »Zu wem wollen Sie?« Und dann schauten wir uns an, brauchten einen langen Moment, um sicher zu sein, dass WIR es waren. Er hatte einen Schlüssel in der Hand, öffnete die Tür und schob mich in den Flur. Dort umarmten wir uns. Wie besinnungslos. Seine Hände tasteten meinen Körper ab, krallten sich um meine Brüste, schoben sich zum Hals und umfassten ihn, als wollte er mich würgen. Und er würgte mich. Mit aufgerissenen Augen sah ich, dass Johannes ein alter Mann war. Ich befreite mich aus seiner Umklammerung.

Wieso, warum, weshalb wollte ich fragen, bekam aber kaum Luft. Ich röchelte.

Johannes strich mir, wie damals, mit dem Finger über das Gesicht.

»Was für ein Wunder«, sagte er, »meine Schöne, wie vom Himmel gefallen.«

»Wo ist der Professor?«, flüsterte ich.

»Er ist tot«, sagte Johannes.

»Tot?« Ich konnte wieder normal atmen. »Das kann nicht sein. Mein Vater ist nicht gestorben.«

»Dein Vater? Wieso dein Vater?«

»Er ist – «

»Er ist mein Onkel.«

»Er ist mein Vater.«

Wir stritten uns. Und als der Streit nicht aufhören wollte, sagte ich: »Gleich kommt Peer und haut dich zusammen.«

Ich ging in das große Wohnzimmer, in die Bibliothek, und setzte mich auf die Récamière. »Das ist mein Platz«, sagte ich.

Johannes folgte mir und streckte seinen rechten Arm vor. »Mein schönes Fräulein, darf ich wagen / Meinen Arm und Geleit Ihr anzutragen?«

»Hau ab«, sagte ich zu ihm.

Der Garten, in den ich von der Récamière aus schauen konnte, war nicht mehr der winzige ungepflegte Garten, wie ich ihn kannte, es war ein Park mit riesigen Bäumen, mit Blumenbeeten und einem See, an dessen Ufer eine lebensgroße Skulptur stand, eine nackte Frau aus Marmor, die die Arme weit geöffnet hatte, als würde sie jemanden erwarten.

Johannes war verschwunden. Im Haus war es still. Ich war in Sicherheit. Sonja, die Putzfrau, die ich im Haus nie gesehen hatte, die ich nur aus den Erzählungen des Literaturprofessors kannte, huschte lautlos durch die Bibliothek und stellte einen Teller mit Obst auf den runden Tisch. Jetzt ist alles gut, dachte ich, ich kann im Park spazieren gehen.

Die Treppe, die vom Haus in den Park führte, war kurios. Immer, wenn ich glaubte, ich sei zu ebener Erde, klappten neue Stufen vor mir auf, ein Leporello, das nicht enden wollte. Ich habe mit Erwachen gedroht. Schluss mit den Stufen! Und dann war ich plötzlich im Park. Die Wege waren ordentlich geharkt, kein Grashalm, kein Blatt, kein Fußabdruck, alles unberührt, ich folgte mir selbst in meinen Spuren. In einem Rosenbeet hockte ein Gärtner.

Ich rief laut: »Hallo.«

Der Gärtner erhob sich und streifte seine Arbeitshandschuhe ab. Ich erkannte den Professor.

»Sie sind nicht tot«, sagte ich erleichtert.

»Wer hat gesagt, dass ich tot bin?«, fragte der Professor.

»Johannes.«

»Dieser Nichtsnutz. Liegt seit ein paar Jahren im Grab und chargiert immer noch.«

»Aber ...«

»Nichts aber. Maria, ich bin sehr froh, dass Sie endlich gekommen sind.«

Er nahm meine Hand, streichelte sie, küsste sie, legte sie an seine faltige Wange.

»Maria, folgen Sie mir, bitte.«

»Wohin?«

»In die Literatur.«

Ich lachte und freute mich. Das klang wie »In mein Gartenhaus«.

»Ich habe Sie vermisst, Professor«, sagte ich.

»Hier entlang.«

Er dirigierte mich nach rechts. Wir bogen in einen schmalen zugewucherten Weg ein, der mit der Hecke und den Sträuchern kaum Platz ließ, sich zügig fortzubewegen. Im Vergleich zu dem großen gepflegten Park war dieser Weg eine schmuddelige Pissrinne.

»Achtung«, sagte der Professor, oder »Vorsicht«, wenn Zweige aus der Hecke herausstachen.

Der Weg wurde immer enger, bis die Hecken sich schließlich über unseren Köpfen schlossen. Wir liefen gebeugt und krabbelten schließlich auf allen vieren vorwärts. Es war stickig, es roch faulig und modrig. Es wird alles seine Richtigkeit haben, dachte ich, der Professor kennt sich aus. Trotzdem war das Robben nicht meine Sache, ich hielt den Professor am Fuß fest.

»Was tun wir in diesem Tunnel«, fragte ich, »wo führt er hin?«

»Geduld, wir sind gleich am Ziel«, hörte ich ihn schnaufen, aber ich sah ihn nicht mehr. Obwohl ich gerade zuvor seinen Fuß gegriffen hatte, war er plötzlich verschwunden. Und genauso plötzlich war er wieder da. Licht am Ende des Tunnels! Die Sonne schien auf eine paradiesische Wiese, dort saß er in seinem Ohrensessel.

»Maria«, rief er, »kommen Sie zu mir.«

Und ich ging zu ihm und kniete vor ihm. Er saß auf seinem Ohrensessel wie auf einem Thron.

Ich bin im Himmel gelandet, dachte ich, was verlangt er nun von mir? Ich wagte nicht hochzuschauen.

»Maria!«

Ich streckte ihm meine Hand entgegen. Soll er nehmen, was er braucht. Als er sie berührte, traf mich ein elektrischer Schlag. Mein Körper bäumte sich auf. In diesen konvulsivischen Zuckungen sah ich, was ich nicht sehen wollte und nicht sehen konnte und nie wieder sehen möchte.

Ich schrie.

Von diesem Schrei bin ich aufgewacht, Kuhl.

Es war grauenhaft.

In dem Sessel saß ein Skelett, und hinter dem Sessel stand meine nackte Mutter. Ihre riesigen Brüste hingen über den Sessel, sie lagen zwischen den Ohrenpolstern und reichten bis hinab auf die Schulterblätter des skelettierten Professors.

»Der Teufel soll dich holen«, rief sie mir zu, »du mieser Bankert.«

Was sagst du zu diesem Traum, Kuhl?

Und er war noch nicht zu Ende. Nur unterbrochen. Eigentlich wollte ich aufstehen, aber ich war wie gelähmt, wie festgenagelt auf dem Bett. Als hätte jemand befohlen: Du guckst den Film bis zum Schluss.

Jetzt erzähle ich dir den dritten Teil, Kuhl. Und in diesem dritten Teil kommst DU vor. Zuerst koche ich mir noch einen Tee. Bitte hab einen Moment Geduld.

Ich lag lange mit offenen Augen im Bett und starrte in die Dunkelheit. Obwohl ich wach war und NICHT träumte, sah ich dich. Es beruhigte mich, dich zu sehen, und vielleicht war es deine Anwesenheit, die mich ohne Angst wieder einschlafen ließ.

Ich war wieder im Park. Es war der gleiche Park, in dem ich den Gärtner getroffen hatte, aber es war eine andere Atmosphäre, jetzt lebte der Park, ich hörte Stimmen, Vogelstimmen, Kinderstimmen, Lachen, trotzdem war kein Mensch zu sehen, kein Gärtner, kein Professor, keine Mutter, auch das Haus war verschwunden, nur die nackte Frau stand an dem Seerosenteich, sie nickte mir zu.
»Hast du Kuhl gesehen?«, fragte ich sie.
Sie deutete mit der Hand auf eine Weggabelung.
Ich verstand.
»Beeil dich«, sagte sie, und ich rannte los.
Ich bog rechts in den Weg ein, einen schnurgerade verlaufenden Weg, der kein Ende zu nehmen schien, und statt der Stimmen hörte ich nach einer Weile einen Zug neben mir, er schnaufte wie eine alte Dampfeisenbahn. Es war ein ganz normaler ICE, fuhr aber im Schritttempo und machte diese schnaufenden, ächzenden, quietschenden Geräusche. Ich konnte ein Gesicht hinter der Scheibe erkennen und war überrascht, dass der smarte Weber mir zuwinkte, ich zeigte ihm die Faust und rief: »Bankräuber! Was machst du in meinem Zug, das ist der ICE 693 von Berlin nach München, mit dem fahre ich nach Hildesheim. Besuchst du meine Mutter, Weber? Sag ihr bitte nichts von dem Banküberfall, sag ihr nichts von der

Kündigung, sag ihr nur, dass ich eine gute Angestellte bin und du ein guter Chef bist, das will sie hören, mehr nicht.«

Weber lachte, und neben ihm erschien Laura Hofmann am Fenster, drückte sich die Nase platt und streckte mir die Zunge heraus. Aha, die beiden sind also ein Paar, dachte ich, haben sich gefunden. Sollen sie.

Der Zug strengte sich an, mich zu überholen. Ich lief langsamer, um Weber und Laura loszuwerden. Ich ärgerte mich und dachte, wahrscheinlich sitzt Anna Szepannek auch im Zug, und sie zerreißen sich das Maul über mich. Sollen sie.

Der Zug war plötzlich verschwunden. Der Weg machte eine Linkskurve und ich sah, in weiter Ferne, winzig, einen Mann.

Ging er, lief er, schwebte er?

Ich beschleunigte mein Tempo, aber der Abstand zwischen uns verringerte sich nicht.

»Kuhl«, rief ich, »Kuhl, warte auf mich.«

Ich wusste, dass du es bist, und rief noch einmal, so laut ich konnte: »Kuhl, warte!«

Du bliebst stehen, drehtest dich um.

Wir waren unendlich weit voneinander entfernt.

»Ich nehme den Zug«, rief ich, wusste aber im gleichen Moment, dass ich dich mit dieser lahmen Krücke nie würde erreichen können.

»Ich fliege«, rief ich. Ja, ich konnte fliegen und in null Komma nichts landete ich auf deinem Rücken. Huckepack.

Ich spürte die Traurigkeit in deinem Körper. »Was ist mit dir«, fragte ich.

»Eigentlich möchte ich nicht«, sagtest du.

»Was möchtest du nicht?«

»Dahin gehen.«

»Wohin?«

»Zu der Beerdigung.«

»Zu welcher Beerdigung?«

»Na, zu meiner.«

»Zu deiner?«

»Ich darf mich nicht verspäten. Mein Vater kann Unpünktlichkeit nicht leiden.«

Ich rutschte von deinem Rücken und sagte: »Du gehst nicht.«

»Du bist eine Streunerin, auf dich kann man sich nicht verlassen.«

»Kuhl! Ich bin immer zuverlässig und pünktlich gewesen.«

»Dann halte mich nicht auf. Es ist unmöglich, zu einer Beerdigung zu spät zu kommen, zumal zu der eigenen.«

»Ich begleite dich«, sagte ich.

»Das ist nichts für dich.«

Du wehrtest mich ab, als ich mich bei dir einhaken wollte.

»Kuhl, sei vernünftig, wenn du beerdigt wirst, will ich dabei sein.«

Wir gingen nebeneinander her, plötzlich nahmst du mich in den Arm.

»Es ist zu früh, findest du nicht auch? Mein Vater hat auf diesem Termin bestanden, solche Sachen kann man nicht auf die lange Bank schieben, hat er gesagt, und meine Mutter, die um ein paar Tage Aufschub bat, weil ihre Schneiderin in Urlaub ist, hat schließlich, wie immer, klein beigegeben. Ich finde, es ist zu früh. Ich hatte noch so viel vor.«

»Wir gehen nicht hin, Kuhl, lass uns umdrehen.«

»Es ist alles arrangiert, Trauerrede, Musik, Grab, ich muss mich nur in den Sarg legen.«

»Wach auf, Kuhl, du träumst«, habe ich zu dir gesagt.

Aber der Traum war noch nicht zu Ende.

Als ich zu dir sagte: »Wach auf, Kuhl, du träumst«, hast du geantwortet: »Von Rot zu Grün stirbt alles Gelb.«

»Unsinn. Nein, Kuhl, so nicht.«

»Warum nicht«, hast du gefragt. »Von Rot zu Grün stirbt alles Gelb. Ganz einfach. Im Übrigen kommt da mein Vater.«

Es war ein Bonobo, der uns auf dem Weg entgegen kam. Bonobos sind eher zierlich, dieser aber war menschengroß. Er ging aufrecht, etwas gekrümmt, die überlangen Arme hin und her schlenkernd. Mit seinem schwarzen Fell (sehr gepflegt), den tief liegenden Augen und dem mokanten Gesichtsausdruck sah er wirklich aus wie dein Vater. Er blieb vor uns stehen, steckte sich einen Halm zwischen die Lippen und kaute darauf herum.

»Habe ich mir doch gedacht«, sagte er, den Halm weiterkauend, »dass das Flittchen dich aufhält.«

Du schautest mich hilflos an.

»Tu was, sag was!«

Der Bonobo umkreiste uns tänzelnd, dabei in die Hocke gehend und auf allen vieren hüpfend. Ich verfolgte ihn mit meinem Blick. Erstaunlicherweise konnte ich meinen Kopf um 360 Grad drehen. Mir fiel auf, dass der Bonobo ein weibliches Geschlecht hatte. Es leuchtete in diesem blanken, nackten Rosa, die großen Schamlippen angeschwollen, sexuelle Bereitschaft signalisierend.

»Das ist doch absurd«, sagte ich zu dir, »guck dir deinen Vater an.«

»Nein«, sagtest du.

Dein Vater, schwarzer Anzug, schwarze Krawatte, baute sich vor mir auf und gab mir eine Ohrfeige. »Streunerin, Flittchen, Kellnerin. Du hast keine Ahnung«, sagte er, »von nichts. Scher dich zum Teufel.«

Mit dieser brennenden Ohrfeige bin ich aufgewacht.

Das war der Traum. Der Traum steht auf dem Papier, er ist bewahrt, mehr kann ich nicht tun. Ich gehe zurück ins Bett. Ich hoffe, ich kann schlafen, so leer geträumt und leer geräumt, wie ich jetzt bin.

Die Bilder des Traums haben mich die letzten Tage verfolgt. Ich habe eine Schreibpause eingelegt deshalb, aber auch, weil ich Abstand zu dir brauche, Kuhl. Seit Monaten, so kommt es mir vor, bin ich nur mit dir beschäftigt. Ich weiß, das stimmt nicht, ich bin nicht mit DIR beschäftigt, sondern mit MIR. Und doch stelle ich wieder und wieder Fragen, die nur du beantworten kannst. Warum, verdammt noch mal, warum bist du damals abgehauen? Du hast dich einfach in Luft aufgelöst. Futsch. Weg.

Ich habe mich in dieser Woche um viele bürokratische Dinge kümmern müssen, einen neuen Personalausweis beantragen, zum Beispiel, das bedeutete stundenlanges Warten auf dem Amt und eine deprimierende Sitzung im Fotoshop. Die Fotos sind so scheußlich geworden, dass ich mit Sicherheit Seniorenrabatt bekomme, wenn ich den Ausweis vorlege. Die Frau, die mich fotografierte, war so abstoßend hässlich, dass ich mich gefragt habe, warum sie im Service-Bereich arbeitet. Und dann ausgerechnet als Porträt-Fotografin. Es kam mir vor, als würde sie sich an jeder gut aussehenden Frau rächen wollen. Ich hatte, als ich mit den Fotos auf der Straße stand, überlegt, ob ich mich mit der Frau anlege und sie um nochmaliges Fotografieren bitte, aber das erschien mir nicht nur aussichtslos, sondern auch ekelhaft. Eine Person, der man nicht zu nahe kommen wollte. Fettige, farblose Haare, Pickel und Pusteln, nein, keine weitere Begegnung mit ihr. Den Impuls, die Fotos in den nächsten Mülleimer zu werfen, unterdrückte ich. Ich trug sie zum Amt und tröstete mich mit der Vorstellung, dass ich ja den alten, abgelaufenen Ausweis so gut wie nie hatte vorzeigen müssen, also, wer würde ihn überhaupt anschauen.

Manchmal ist man nicht gut drauf, Kuhl, da kann sein, was will.

Auch der Abend mit Leah war nicht entspannt. Und das hatte, Pardon, etwas mit dir zu tun. Leah kam schon gereizt und übellaunig in die Kneipe, weil sie Ärger mit ihrem geliebten Thommy hat, der neuerdings immerzu am Arbeiten ist und nicht nur sie, sondern auch seine Tochter vernachlässigt. Das heißt, er überlässt die Tochter, wenn sie zu ihnen kommt, der Obhut von Leah, ohne sie zu fragen, ob es ihr passt. Sie hätte fast unsere Verabredung absagen müssen, weil Thommy es wieder mal so arrangiert hatte, dass sie die Tochter in Empfang nehmen sollte. Leah hatte darauf bestanden, dass er nach Hause kommt und sich selbst um seine Tochter kümmert, daraus ist dann ein richtiger Krach entstanden.

Ich habe Leah reden lassen, sie musste sich abreagieren. Nach dem zweiten Glas Wein ging es ihr besser, und sie konnte über ihren Verdacht, dass Thommy eine Geliebte hat, lachen oder wenigstens ihre Empörung relativieren.

Vielleicht ist es keine aus Fleisch und Blut, sagte sie, vielleicht ist es nur eine eindimensionale Lady auf dem Schirm.

Wir nahmen, immer alberner werdend, Beziehungen aus unserem Freundeskreis unter die Lupe. Und dann blubberte plötzlich etwas aus Leah heraus, das seine giftige Wirkung erst nach und nach entfaltete.

»Du hast es auch nicht gemerkt, dass dein großer Dichter und ich«, sie guckte mich lachend mit weit aufgerissenen, vom Alkohol glasigen Augen an, »dass dein heiliger Dichterling nicht so unschuldig«, sie bekam einen Lachanfall, »ich meine, dass er – dass wir – «

Leahs Lachen war im ersten Moment so ansteckend, dass ich mitlachte, bis mir buchstäblich das Lachen im Hals stecken blieb.

»Was meinst du«, fragte ich, »redest du von Kuhl?«

»Kuhl«, Leah bekam einen neuen Lachanfall, »ja, Kuhl hieß er, dein Lover damals in Freiburg ...«

»Was war mit Kuhl?«

Leah nahm mehrere Schlucke Wein.

»Was war mit Kuhl? Ja, was war mit Kuhl? Man kann sich eben nie sicher sein. Das wollte ich sagen. Thommy ...«

»Leah, was war mit Kuhl?«

»Guter Typ, oder? Ich kann mich kaum noch an ihn erinnern. Es ist so lange her.

Du hast gesagt, dass ihr ...« Leah sortierte ihr Gesicht; sie versuchte, eine ernste, besorgte Miene zu machen. »Was habe ich gesagt? Unsinn. Ich rede Unsinn. Ich meine, er war ein guter Typ, ein bisschen abgehoben, aber doch ganz okay. Wo ist er eigentlich abgeblieben? Hast du noch Kontakt zu ihm?«

»Kannst du mir jetzt bitte klipp und klar sagen, was zwischen euch war?«

»Zwischen uns? Meinst du, zwischen mir und Kuhl? Du bist verrückt.«

Sie legte ihre Hand an meine Stirn. »Der Alkohol ist dir zu Kopf gestiegen, Maria. Wenn DU nicht gewesen wärst – ich meine, ihr wart doch zusammen, ich wollte – du würdest dich ja auch nicht an Thommy – ich rede Blödsinn. Jedenfalls, um dich zu beruhigen, es war nichts. Schluss. Sie hob ihr Glas. Prost.«

»Leah, du bist betrunken.«

»Sag ich ja. Ich bin hinüber. Ich muss nach Hause.«

Wir zahlten. Ich lief zu Fuß nach Hause, Leah nahm ein Taxi.

Die Luft tat gut, aber die Gedanken trommelten Kopfschmerz herbei. Du und Leah? Es könnte mir egal sein. Es ist so lange her. Es ist mir nicht egal. Es ist, es wäre ein doppelter Betrug. Das macht mich rasend, egal, wie lange es her ist. Es wird keine Ruhe geben. Und vielleicht wird auch Leah plötzlich aus meinem Leben verschwinden. Ich werde jedes Mal, wenn ich sie sehe, an dieses Gespräch denken. Ich werde ihr nicht mehr vertrauen können. Und wenn sie hundertmal beteuert, dass sie Unsinn geredet hat, das Gift breitet sich aus, die Zweifel bleiben, das Misstrauen ist da. Ich will Gewissheit. Wenigstens von ihr. Wenn es so war, dann war es so. Dann muss ich sehen, wie ich damit umgehe.

Und du, Kuhl? Gibst du mir eine Antwort?

Heute kam ein Brief von Peer. Aus dem Gefängnis. Ein paar Zeilen nur in seiner ungelenken Handschrift. Er fragt, ob ich ihn besuche, er würde sich freuen. Nur mal so, er brauche ein bisschen Abwechslung. Und ich hätte doch immer so gute Ratschläge.

Beim zweiten Mal Lesen sah ich, dass er Ratschläge mit »d« geschrieben hatte, Radschläge. Das hat mich so gerührt und zum Lachen gebracht, dass ich fast versucht war, ihm zuzusagen. Nein, das darf ich nicht, das will ich nicht. Ich habe immer noch Angst davor, dass man zwischen uns eine Komplizenschaft vermuten könnte. Das Kapitel Peer ist abgeschlossen. Endgültig. Auch wenn er mir leidtut. Keine Radschläge!

Ich weiß nicht, ob er bewusst »Rad« geschrieben hat oder ob es einer seiner üblichen Rechtschreibfehler ist. Es gab nicht viel Schriftliches, das ich von ihm in die Hände bekam, aber wenn ich mal einen Zettel, eine Ansichtskarte oder sonst etwas von ihm las, fielen mir immer Fehler auf. Ich hatte überlegt, ob er vielleicht Legastheniker ist, wollte ihn aber nicht direkt danach fragen.

Übrigens hat offensichtlich ein Kumpel von ihm den Laden übernommen. Ich bin irgendwann einmal, zufällig, an der »bike-oase« vorbeigegangen. Es herrschte Hochbetrieb. Eine Goldgrube! Armer Peer. Hätte er nur auf meine Ratschläge gehört.

Du hast es manchmal getan, Kuhl. Zumindest hast du die Rechtschreibfehler in deinen Gedichten, die natürlich immer »Tippfehler« waren, korrigiert. Das hatte ich damals zu dir gesagt: In Zahlen und Buchstaben bin ich fit. Schon als Schülerin habe ich in Diktaten und Rechnen gute Noten gehabt. Du hast dich manchmal geärgert, dass ausgerechnet ich, die Kellnerin, die Herumstreunerin, dich, den Dichter und angehenden Juristen, auf Unrichtigkeiten hingewiesen habe.

In der Schule habe ich, das fällt mir gerade wieder ein, bei einigen Diktaten bestimmte Worte bewusst falsch geschrieben. Eine Trotz- oder Provokationsphase, die von der Lehrerin einfach übergangen wurde. Zum Beispiel hatte ich einmal statt Organismus »Orgasmus« geschrieben. Ich dachte, die Lehrerin, ich sehe sie noch genau vor mir, eine prüde, trübe, müde Langweilerin, würde bei der Rückgabe des Diktats auf den Unterschied zwischen Organismus und Orgasmus hinweisen. Darauf freute ich mich. Aber sie erwähnte den Fehler nicht. Sie hatte ihn angestrichen, mehr nicht, mein Witz verpuffte auf dem Papier. Deine »Vaginabundin« hätte auch gut dahin gepasst! Alles nicht sehr originell, zugegeben, aber für einen Joke in der Klasse wäre es voll ausreichend gewesen.

Ich denke an Leah und wünsche mir, dass sie nicht gesagt hätte, was sie gesagt hat oder was sie mit ihrem halben Satz hatte andeuten wollen. Vielleicht war es wirklich nur ein schlechter Witz, eine in alkoholisiertem Zustand misslungene Beschreibung aller Möglichkeiten und Unmöglichkeiten von Liebe und Niedertracht.

Ich denke auch an meine Mutter. Komischerweise. Eigentlich weiß ich nicht, wie sie gelebt, wen sie geliebt hat. So viele Männer, die bei uns ein- und ausgegangen sind. War einer dabei, der ihr wirklich etwas bedeutet hat?

Wenn nicht diese vielen weißen Flecken auf der Landkarte wären.

Vor nicht langer Zeit habe ich einen Artikel über einen österreichischen Wissenschaftler namens Wiesner gelesen, der Direktor einer Londoner Klinik war, die sich auf künstliche Befruchtung spezialisiert hatte. Diese Fruchtbarkeitsklinik, die auf Samenspenden angewiesen war, betrieb er zusammen mit seiner Frau in den fünfziger, sechziger Jahren. Rund 1 500 Kinder hat Herr Wiesner produziert. Jetzt, über fünfzig Jahre später, stellt sich heraus, daß der Wissenschaftler selbst der eifrigste Samenspender war. Ca. 600 Kinder verdanken mit großer Wahrscheinlichkeit ihre Existenz dem ejakulationsfreudigen Herrn Wiesner. Das haben seine zwei, auf natürliche (konventionelle) Weise gezeugten Söhne herausgefunden.
Kuhl, kannst du dir vorstellen, 600 Geschwister zu haben? Oder kannst du dir vorstellen, der (wenn auch nur biologische) Vater von 600 Kindern zu sein?

Erinnerst du dich, wir haben ein Mal, ein einziges Mal über Kinder gesprochen. »Keine Kinder!«, sagte ich. »Drei«, sagtest du, das ist das Mindeste. Und alle drei solche schwarzen, frechen Krähen wie du!«

Die Klinik, die Wiesner zusammen mit seiner Frau leitete, war bekannt für ihr Elite-»Material«. Die Samenspender wurden vom Ehepaar Wiesner persönlich ausgewählt. Du mit deiner Herkunft, Kuhl, du hättest Chancen gehabt, in diesen kleinen feinen Kreis aufgenommen zu werden.

Das war ja damals nicht wie heute. Heute kann sich jeder Mann übers Internet als Samenspender bewerben. Ein paar medizinische Untersuchungen und schon kann man sich mit monatlich zwei Töpfchen Ejakulat ungefähr 2.400 Euro jährlich steuerfrei hinzuverdienen.

Natürlich frage ich mich, ob mein abwesender Vater, mein Erzeuger, ein Samenjobber war, und ich frage mich, was mir lieber wäre: Von einem anonymen Samenspender abzustammen oder von einem Vater, der, aus welchen Gründen auch immer, mit meiner Mutter vereinbart hat, unsichtbar zu bleiben. Würde ich mich ebenso viel mit diesem abwesenden Vater beschäftigen, wenn ich ihn in einer Kabine vor mir sehen würde, für Geld in ein Laborgläschen wichsend? Ich weiß es nicht. In Amerika gibt es längst eine Bewegung von anonym gezeugten Kindern, die versuchen, diese Samenjobber, ihre Erzeuger, ihre VÄTER, ausfindig zu machen.

In Freiburg übrigens (ausgerechnet in unserem Freiburg!) gibt es einen Typen, ich habe ihn in einer Fernsehdokumentation gesehen, der seinen Samen kostenlos und nicht anonym an kindersehnsüchtige Eltern abgibt. Dass er mit dieser Offenheit juristisch zum zahlenden Vater werden kann, ist ihm bewusst, aber aus Menschenfreundlichkeit und weil es so schön ist, zu helfen und Menschen glücklich zu machen, nimmt er das in Kauf.

Was ist mit den Männern los, Kuhl, kannst du mir das erklären? Aus Menschenfreundlichkeit einsam sein Sperma abzapfen und verschenken!

Dieser sozial engagierte Samenspender wäre also leicht ausfindig zu machen für ein suchendes Kind.

Wie sieht er aus, MEIN Vater? Himmel, wie oft habe ich versucht, mir das vorzustellen. Nachdem ich diesen Typen im Fernsehen gesehen habe, dachte ich einen Moment lang, besser keinen Vater als so einen.

Was hat das Glück mit dir ausgemacht, Kuhl? Das habe ich mich oft gefragt seit deinem Verschwinden. Vielleicht war es ein Gefühl von Sicherheit, das ich zum ersten Mal in meinem Leben verspürt hatte. Ich habe dir, zumindest für eine kurze Zeit, absolutes Vertrauen entgegengebracht. Ich war es gewohnt, immer auf der Hut zu sein, und plötzlich gab es einen Beschützer, der mit mir war, der in mir war. Keine Angst mehr, vor nichts. Ich weiß noch genau, wie mich das überraschte. Und ich habe nicht »Liebe« gedacht, ich habe nicht gedacht, da ist einer, der mich liebt und den ich liebe, sondern nur, da ist etwas, das ich nicht kenne und das verrückt glücklich macht.

Auf einer dieser Fahrten nach Hildesheim zu meiner Mutter hielt der Zug in Braunschweig länger als geplant. Irgendetwas war, ich weiß nicht, was. Normalerweise hat er dort keinen Aufenthalt, beziehungsweise nur zwei, drei Minuten für das Ein- und Aussteigen. Er stand ungefähr zehn Minuten, vielleicht auch eine Viertelstunde. Ich schaute aus dem Fenster und sah ein eng umschlungenes Paar auf dem Bahnsteig.

Dieses Bild kommt mir manchmal in den Kopf, wenn ich an dich denke. Das Paar stand die ganze Zeit, also von Beginn des Halts bis zum Abfahren des Zuges, in seiner Umarmung regungslos da. Ich war fasziniert von diesem Paar, es wirkte wie eine Skulptur, wie die künstlerische Verkörperung von Abschied und ewiger Verbundenheit. Die Frau war kaum zu sehen, sie war verdeckt vom Körper des Mannes, ihre langen Haare, ihr Gesicht, lagen auf seiner Schulter, geborgen, vergraben, und er schaute über sie hinweg in die Ferne, ein Mann, der mir mit seinen kurz geschorenen Haaren und seinem eckigen Kopf (er erinnerte an die Super-Männer in Comics) nicht gefiel, der aber so viel Traurigkeit im Blick, ja auch in der Haltung hatte, dass ich fast zu Tränen gerührt war. Auch als die Abfahrt des Zuges signalisiert und die Türen zugeschlagen wurden, bewegte sich das Paar nicht, es verharrte in seiner Umarmung, und ich dachte, vielleicht ist es doch ein Kunstwerk.

Als ich wieder zurück in Berlin war, habe ich nachgeschaut, ob ich etwas finde über eine Kunstaktion in Braunschweig, es gab aber keine Hinweise in diese Richtung.

Dieses Paar erinnert mich an dich, an uns, Kuhl, obwohl (oder vielleicht gerade deshalb) wir uns nicht voneinander verabschiedet haben. Und hätten wir es, wären wir (mit Sicherheit (?)) genauso wenig auseinandergekommen wie die beiden.

Dabei hatte sich der Abschied (nein, das scheinbar plötzliche Auseinanderfallen) vorher angekündigt. Ich habe dein körperliches Schweigen zuerst nicht ernst genommen. Es war ja nicht so, dass du nicht mit mir schlafen wolltest, im Gegenteil, du wolltest unbedingt, es war nur dein Körper, dein Schwanz, der schlappmachte. Dafür gab es, bei all der Liebe, viele Erklärungen: Alkohol, Stress, Frust, Müdigkeit, Tabletten, Sorge um deine Mutter, Ärger mit deinem Vater, meinetwegen auch das Wetter.

Wir mühten uns. Körperlich, aber schließlich auch mit vielen Worten. Ich löcherte dich mit Fragen, auf die ich, wie ich es gewohnt war, keine Antworten bekam. Und ich reagierte mit der Zeit auf deine Antwortlosigkeit, wie ich auf die Antwortlosigkeit meiner Mutter reagiert habe, mit Wut und mit Trotz. Eine andere Frau? Ekel vor mir? Ja was denn?
Was war es, Kuhl? Die Antwort steht noch aus.
Ich möchte allerdings keine Antwort erhalten, in der meine Freundin Leah vorkommt.

Scherben bringen Glück. Das habe ich heute, wieder einmal, gedacht, laut gesagt (ich rede inzwischen viel mit mir selbst), als mir ein Glas, das ich mit dem Geschirrtuch abtrocknen wollte, aus der Hand rutschte und auf den Küchenboden fiel.

Ich kann mich nicht erinnern, dass mir Scherben jemals Glück gebracht hätten. Eine Tasse oder ein Teller zerschlägt, die Brille fällt auf den Bürgersteig, die Uhr fliegt ins Waschbecken, Gläser, Scheiben zersplittern, und immer, als erste Reaktion, noch im Schreck, denke ich: Scherben bringen Glück. Als sei damit das Unheil gebannt, als habe das Missgeschick einen Sinn erhalten, als sei die Zerstörung eine Ankündigung des in Kürze eintreffenden Glücks. Nein, es ist nur der Versuch, sich zu trösten, einen Funken Hoffnung zu schlagen aus dem eigenen Pech. Es war kein kostbares Glas (ich besitze keine kostbaren Gläser), das zu Bruch ging, aber ich ärgerte mich über meine

Schusseligkeit, die mich in der letzten Zeit nicht nur Gläser gekostet hat, sondern auch Zeit, um Vergessenes, Verlegtes wieder in seine gewohnte Ordnung zu bringen.

Nachdem ich die Scherben aufgekehrt hatte, saß ich am Küchentisch und dachte über dieses verdammte »Scherbenbringen-Glück« nach. Scherben bringen nichts als Scherben war die Antwort, die ich auf dem Boden lesen konnte. Denn wieder glitzerten die beim Fegen übersehenen Glassplitter in den Fliesenfugen; man kann noch so sorgfältig kehren, man erwischt sie nie alle. Sie verbergen sich in den Ritzen, vermehren sich wie Kakerlaken und kriechen erst nach und nach aus ihrem Versteck, sodass man Wochen und Monate an seine Ungeschicklichkeit erinnert wird, manchmal auch schmerzhaft, wenn sich ein Splitter in die Haut bohrt.

Und das sollen Glücks-Boten sein?

Wo ist das Herzblatt, das ich auf der Straße gefunden habe? Wo habe ich es verwahrt? Ich habe es an eine sichere Stelle gelegt, das weiß ich genau.

Es lag in deinem Gedichtband.

Kuhl, ich habe dir eine Postkarte geschrieben. Nur ein Satz, nur die Frage, ob ich dich unter der Adresse erreiche. Ich möchte es wissen. Ich brauche es zum Weiterschreiben.

Es gibt hier um die Ecke einen Laden, in dem ich besonders gern einkaufe: KKK heißt er, Käse von Katz & Kratz. Eigentlich dürfte er nur noch KK heißen, denn Uwe Kratz hat sich davongemacht. Stefan Katz und Uwe Kratz waren bis vor ein paar Jahren ein Paar. Als mir damals auffiel, dass Uwe Kratz länger nicht mehr im Laden war und Stefan Katz, wann immer ich zum Einkaufen kam, etwas schniefig bediente, hatte ich ihn gefragt, wo sein Kompagnon sei. Obwohl außer mir keine Kundschaft im Laden war, beugte Katz sich über die Theke und flüsterte: »Wir haben uns getrennt. Natürlich war ein anderer Mann im Spiel.«

Stefan Katz erzählte, stockend, mit Tränen in der Stimme, von Uwes Untreue und wie er ihn schließlich in flagranti erwischt und aus der Wohnung geschmissen habe. Ich hörte ihm zu, ich bekundete mein Mitleid, aber ich wunderte mich auch, dass Stefan Katz mir das alles anvertraute, war ich doch nur eine Kundin und keine Freundin. »Zehn Jahre«, sagte er, »das steckt man nicht so schnell weg. Zehn wunderbare Jahre waren wir zusammen.« (Und ich dachte an unsere zehn Monate und elf Tage, Kuhl.)

Dieses intime Gespräch mit Stefan Katz ist einige Zeit her, inzwischen hatte er mehrere dunkelhäutige schöne Männer im Laden gehabt, die seinen Käse verkauften, aber irgendwie waren sie zu schön, das jedenfalls dachte ich, für mich passten sie nicht in einen Käseladen. Und sie verschwanden auch wieder, die schönen jungen Männer, halb so alt wie Stefan Katz. Konstant dagegen war die ältere Frau, die im Laden bediente, wohl nicht täglich, aber ich traf sie doch meistens an, wenn ich den Laden aufsuchte. Kugelrund, gutmütig und resolut. Vielleicht eine Tante von Katz, vielleicht einfach eine gute Freundin.

Heute Vormittag stand sie, wie immer mit weißer Schürze, hinter der Käsetheke und begrüßte mich freundlich. Sie riet, als ich sie nach einem bestimmten Käse fragte, von dieser Sorte ab, zu erdig, sagte sie, der riecht und schmeckt nach Keller. Das ist etwas für Spezialisten, wollen Sie probieren? Sie hielt den Käse hoch. Mir reichte schon der Geruch, und ich lehnte dankend ab. Also kaufte ich meine üblichen Sorten. Als ich der Frau das Geld dafür gab, kam Stefan Katz zur Tür herein. Er hatte das allertraurigste Gesicht, das man sich vorstellen kann. Die Frau schaute ihn fragend und besorgt an; Stefan Katz sagte nichts, mit gesenktem Kopf verschwand er hinter der Lagerraumtür.

Ich glaube, mich hat er nicht einmal bemerkt. Die Frau machte ebenfalls ein trauriges Gesicht und nickte mir zu. Ich nahm die Tüte mit dem Käse, steckte das Wechselgeld ein und verabschiedete mich.

Noch ein Trennungsdrama? Oder ein Todesfall?

Stefan Katz ist bestimmt Mitte oder Ende fünfzig. In der Zeit, als die schönen jungen Männer im Laden arbeiteten, wirkte er sehr vergnügt. Er gehört zu denen, die Glück und Unglück mit ihrem ganzen Körper, in der Haltung, in der Mimik, im Sprechen widerspiegeln. Das macht ihn auf der einen Seite liebenswert, auf der anderen Seite löst es in mir auch Abwehr aus. Ich will nicht alles über jemanden wissen oder gezwungen sein, am Glück oder Unglück teilnehmen zu müssen. Also werde ich die nächste Zeit nicht zu KKK gehen.

Nicht zu KKK und nicht zu Peer, der mich, wenn schon, sicher mehr braucht als Stefan Katz. Ich bin selbst erstaunt, dass Peer mir immer wieder in den Kopf kommt. Ich glaube, ich habe ein schlechtes Gewissen, Schuldgefühle sogar. Ich hätte ihn von diesem idiotischen supersicheren Coup abbringen sollen. Er hatte kein einfaches Leben. Und nun sitzt er wegen einer solchen Dummheit im Gefängnis. Ich hätte auch dort landen können. Oder im Heim.

Streunerin. Vaginabundin.

-

-

-

-

-

Und jetzt, Kuhl? Ich habe drei Wochen gebraucht, um diese drei Worte zu schreiben. Was mache ich jetzt, Kuhl? Du kannst nicht noch mal abhauen. Du kannst nicht noch mal einfach verschwinden. Nicht so, Kuhl.

Aber du hast eine Antwort gegeben, und ich weiß nicht, wie lange ich brauchen werde, um diese Antwort zu verstehen.

Ich brauche Zeit. Ich muss die Gedanken, die Gefühle sortieren, die guten ins Töpfchen, die schlechten ins Kröpfchen.
-
-
-

Was bleibt mir, als deine Antwort diesem Brief beizufügen. Zuerst die Antwort deiner Frau auf meine Postkarte.

Sehr geehrte Frau Meyer, liebe Maria Meyer,

entschuldigen Sie bitte, ich weiß nicht, wie ich Sie ansprechen soll, denn einerseits kennen wir uns nicht persönlich, andererseits sind Sie mir sehr vertraut.

Sie haben ein paar Zeilen an meinen Mann geschrieben, das ist lange her, und ich bitte Sie zu verstehen, dass ich Ihnen erst jetzt, nachdem so viel Zeit vergangen ist, darauf antworte. Als Ihre Karte ankam, war Max (Sie nennen ihn Kuhl, für mich ist er Max) schon sehr krank. Er starb vor zwei Monaten. Die Krankheit, Bauchspeicheldrüsenkrebs, wurde durch Zufall bei einer Routineuntersuchung entdeckt. Es war zu spät – wenn es bei diesem Krebs nicht immer schon zu spät ist –, um noch etwas dagegen auszurichten.

Ich will Ihnen nicht von den Qualen des Krankseins und des Sterbens erzählen, zum Glück, man muss es so sagen, zum Glück war die Zeit von der Entdeckung der Krankheit bis zum Tod nicht sehr lang, und wir, Max und ich, haben diese Zeit in großer Intensivität miteinander verbracht.

Als Ihre Karte kam, gab ich sie Max.

Ich merkte, dass sie etwas in ihm auslöste, dass sie ihn erschütterte. Ich fragte ihn, wer Sie seien, denn ich hatte Ihren Namen nie zuvor von ihm gehört.

Es brauchte eine ganze Weile, bis er von Ihnen sprach.

Er erzählte nicht viel, skizzierte nur kurz ihre gemeinsame Freiburger Zeit, um dann ausführlicher über ein Manuskript zu sprechen, das er begonnen, aber eben nicht mehr zu Ende führen könne. Das Wichtigste aber sei darin enthalten, und er bat mich, es Ihnen nach seinem Tod zu schicken. Er sagte nicht zu mir: Lies es, oder: Lies es bitte nicht; der Umschlag, in dem die Seiten steckten, war offen.

Ich habe nach seinem Tod gezögert, soll ich das Manuskript verschicken, oder soll ich es zuerst lesen?

Ich habe es gelesen. Wenn Sie das verletzten sollte, bitte ich Sie um Verzeihung, aber auch um Verständnis. Es war nicht einfach die Neugier einer Ehefrau auf eine alte Liebesgeschichte, die mich zu dieser Indiskretion veranlasst hat, ich spürte, ich wusste, dass ihm dieses Manuskript sehr viel bedeutete, dass es etwas über ihn erzählte, das er mir nicht hatte erzählen können –, nicht aus mangelndem Vertrauen oder mangelnder Liebe, sondern weil es etwas war, das nur Sie anging, oder Sie beide.

Solange wir zusammenlebten, gab es diese eine verschlossene Kammer. Ich bitte Sie wirklich sehr, mir zu verzeihen, dass ich sie jetzt geöffnet habe.

Ich eile, Ihnen das Manuskript zukommen zu lassen. Für Sie enthält es, soweit ich Ihre Geschichte verstehe, lebenswichtige Informationen.

Mein Schmerz ist groß. Ich befinde mich in einem Zwischenzustand, in dem die Realität manchmal ausgeblendet ist, um mir dann mit umso größerer Wucht die Unerbittlichkeit des Todes vor Augen zu führen. Und doch: Wenn ich Ihnen Fragen beantworten kann oder wenn Sie gerne mit mir sprechen möchten, bitte melden Sie sich. Ich bin jederzeit für Sie da.

Ihre Jana Wagner-Kuhl

Von Rot zu Grün stirbt alles Gelb

Einmal, als wir in ihrer Mansarde, wieder nach stundenlangen zermürbenden Gesprächen, endlich ruhen wollten, uns irgendwie gefunden, aneinandergerollt hatten und schon mit tiefen Atemzügen auf dem Weg in die Schlafwelt waren, sagte Maria: »Von Rot zu Grün stirbt alles Gelb.« Sie schlief ein mit diesem Satz, war abgetaucht wie tot. Ich war sofort hellwach, stand auf, vorsichtig, leise, um sie nicht zu wecken, und schrieb den Satz in mein Notizbuch. Ich hatte schon viele Maria-Sätze, Maria-Wörter, Maria-Geschichten notiert; immer wieder verblüffte sie mich mit Formulierungen und Wendungen, die mal lyrisch, mal ordinär, mal kindlich-abstrus sein konnten.

Was war das für ein Satz, von Rot zu Grün stirbt alles Gelb, entstanden in der Wach-Traum-Zwischenzeit?, so dachte ich zuerst, oder war es eine Gedichtzeile, aber von wem? Mir fiel niemand ein; am liebsten hätte ich sie geschüttelt, wach gemacht, gefragt, woher hast du das? Nein, ich durfte sie nicht wecken, nicht, um sie etwas zu fragen, für eine Antwort hätte ich es tun können, sie will Antworten von mir und keine Fragen. Ich saß an dem kleinen Tisch vor dem aufgeschlagenen Notizheft und starrte auf den Satz, den sie mir für die Nacht aufgegeben hatte.

Wir waren am Ende. Ich war am Ende. Nicht in meiner Liebe zu Maria, ich war am Ende meiner Ausreden angelangt. Ich fühlte mich nicht befugt, ihr die Wahrheit zu sagen. Mehrfach hatte ich erwogen, Freiburg in einer Nacht- und-Nebel-Aktion zu verlassen, fand dann aber, jedes Mal aufs Neue mich selbst zum Bleiben überredend, die Dramatik einer solchen Flucht lächerlich; es müsste doch, so sagte ich mir, ein Gespräch möglich sein, und, das stand jeweils am Ende meiner Überlegungen, es muss nicht nur, es ist absolut notwendig. Maria hat ein Anrecht darauf, Bescheid zu wissen.

Ich repetierte den Satz »Von Rot zu Grün stirbt alles Gelb« wie einen Gesetzestext vor der Klausur und stand auf dabei, lief, wie ich es beim Lernen sonst auch tat, im Zimmer herum, in der winzigen Mansarde, wenige Schritte vor und zurück, bis ich vor dem Bett, vor der schlafenden Maria, kniete.

Sie lag auf dem Bauch, den Kopf zur Seite, mir abgewandt, ihre langen schwarzen Haare hatten sich auf das Kopfkissen und auf ihre nackten Schultern verteilt, der rechte Arm war verrenkt nach hinten gebeugt, die Hand wie in das Haar geknotet. Vielleicht, so dachte ich, macht das jemand, der sich am eigenen Schopf aus dem Sumpf zieht. Maria wäre fähig dazu, mich sah ich versinken.

»Ich liebe dich«, flüsterte ich in ihr Haar hinein. Sie bewegte sich mit einem Knurrlaut, und ich ließ, um sie nicht zu wecken, von ihr ab, Tränen in den Augen, ja, mir stiegen Tränen in die Augen, was mich so überraschte, überwältigte, dass ich, in Panik geraten, dachte, bevor ich den Kübel Jauche über sie ausschütte, muss ich gehen, auf der Stelle.

Ich raffte meine paar Sachen zusammen und zog mich erst draußen auf dem Flur an, rannte dann oder stürzte eher die Treppe hinunter, blind vor Tränen. Es war drei oder vier Uhr nachts, die stillste Zeit in der Stadt, die Straßen menschenleer. Meine Verzweiflung und Wut richteten sich gegen Herrn Tulla, den Prokrustes der Ingenieurskunst, der mir einfiel, weil ich am Ufer der Dreisam stand und mich nicht traute, meinen Vater, der mich in diese Lage gezwungen hatte, zu verfluchen.

Ich setzte mich auf einen Baumstumpf. Jetzt, noch in dieser Nacht, musste ich eine Entscheidung treffen.

Nachdem ich mit Maria zusammen in Hannover, bei uns zu Hause, gewesen war, hatte mein Vater mich über sie ausgefragt. Er wollte alles wissen, wo sie geboren sei, was ihre Eltern machten, ob sie eine Ausbildung absolviert habe, wo sie arbeitet; er fragte nach vielen Details, was mich verwunderte, denn weder mein Vater noch meine Mutter hatten sich bis dahin besonders für meine Freundinnen interessiert. Ich überlegte, ob er ein Auge auf sie geworfen haben könnte, und sah mich schon in einem Vater-Sohn-Konflikt, der eine Dimension annehmen würde, die mich mit Sicherheit überforderte.

Auf der Rückfahrt nach Freiburg hatte ich Maria nach ihrem Eindruck, den mein Vater auf sie hinterlassen hatte, gefragt; sie winkte ab mit ihrer typischen Handbewegung, die immer eindeutig kommentierte, was sie von einer Situation oder von einer Person hielt, und sagte: »Ein starker Typ, aber auch ein ziemlich arrogantes Arschloch, oder?« Sie entschuldigte sich sofort für ihre Worte, sie wolle weder mich noch meinen Vater beleidigen, aber noch einmal dorthin reisen wolle sie nicht. Damit war das Thema für sie erledigt.

Kurz darauf musste ich wieder nach Hannover fahren, um einige Behördengänge zu erledigen. Ich verbrachte den Tag dort mit Herumsitzen in Wartesälen und Anstehen vor Schaltern mit schlecht gelaunten Bürokraten, was mir mein Vorhaben, mich möglicherweise auf Verwaltungsrecht zu spezialisieren, wieder einmal verleidete. Am Abend wollte ich einen Freund treffen, der aber kurzfristig unsere Verabredung absagte. So blieb ich zu Hause, sortierte in meinem Zimmer Unterlagen, die ich für die Uni brauchte, und genoss das Alleinsein, denn meine Mutter war zu einem ihrer Vereinstreffen gegangen, und mein Vater hatte einen Termin mit seinen Vorstandskollegen.

Irgendwann hörte ich unten Geräusche, die Tür wurde geöffnet, zugeschlagen, Schritte in der Halle, die in ihrer Festigkeit nur von meinem Vater stammen konnten. Meine Mutter bemerkte man nicht, egal ob sie kam oder ging. »Bist du da?«, rief mein Vater nach einer Weile, und ich trat aus meinem Zimmer und antwortete laut über das Treppengeländer: »Ja.«

»Komm bitte herunter«, sagte er.

Der Tonfall ließ keinen Widerspruch zu. Ich habe meine Kindheit mit diesen Befehlssätzen verbracht und gelernt, ihnen nicht zu trotzen, sondern zu folgen, dabei aber, auf die eine oder andere Weise, sie zu unterlaufen, indem ich scheinbar darauf einging, um dann, in Ruhe gelassen, meinen eigenen Interessen und Bedürfnissen nachgehen zu können. Es war ein unausgesprochenes Kräftemessen, das mir, wenn ich der heimliche Sieger war, auch seine Achtung einbrachte.

Er lief, offensichtlich nervös und angespannt, im Wohnzimmer hin und her. »Ich muss mit dir sprechen«, sagte er, als ich am Fuß der Treppe angelangt war.

Auf meine Frage, was mit seinem Vorstandstermin sei, antwortete er nicht, stattdessen dirigierte er mich zu der etwas abseitsstehenden Ledersesselgruppe und fragte, nachdem wir uns gesetzt hatten, sofort nach Maria. Ob sie sich zu ihrem Aufenthalt hier oder zu ihm geäußert habe.

Ich zuckte mit den Schultern. »Besonders freundlich habt ihr sie nicht aufgenommen«, sagte ich, »das aber ist eher meine Einschätzung, Maria hat sich darüber nicht weiter ausgelassen. Warum fragst du?«

Er schüttelte abwehrend den Kopf. Wie eng meine Beziehung zu ihr sei, wollte er wissen, was ich mit ihr vorhabe. Ich suchte nach Worten, die meine Nähe, meine Liebe zu Maria beschreiben könnten, merkte dann aber, dass sich etwas in mir sperrte, dass Wut in mir aufstieg über seinen inquisitorischen Ton; hatte er mich zum Verhör zitiert? Ich antwortete nicht, schaute ihn nur an und sagte: »Worüber möchtest du mit mir sprechen?«

»Über Maria.«

Er stand auf, holte zwei Gläser und eine Weinflasche, die er mir zum Entkorken weiterreichte. »Wir werden das jetzt in Ruhe besprechen«, sagte er. Er hielt mir sein Glas entgegen. »Schenk ein.«
Ich füllte unsere Gläser, wir stießen kurz an, tranken und saßen uns eine Weile schweigend gegenüber.
Dann begann er.

»Das Erste, was ich von dir verlange, ist, dass alles, was ich dir jetzt sage, unter uns bleibt. Unter uns beiden. Du wirst mit niemandem darüber sprechen, das nämlich hätte fatale Folgen. Du wirst gleich verstehen, was ich meine. Das Zweite, was ich von dir verlange, ist, dass du dich von Maria trennst. Schau mich nicht so entsetzt an. Maria ist deine Schwester, deine Halbschwester. Aber es geht nicht um halb oder ganz; ich bin ihr Vater, ich bin dein Vater. Das musst du wissen, und danach musst du handeln. Maria ist ohne Vater aufgewachsen, und das hat ihr, wie man sieht – ist sie eine attraktive, selbständige Frau geworden –, nicht geschadet. Viele Kinder wachsen ohne Väter auf, das war im Krieg so, das ist heute so, die Welt geht davon nicht unter.

Ich hatte mit ihrer Mutter eine kurze Affäre, du kannst dir ausrechnen, wann das war, ein ganz banaler Seitensprung im Alltag der Ehe, über den man über die Nacht hinaus nicht nachdenkt. Ich wusste eigentlich schon nicht mehr, wer sie war, als sie mich anrief und sagte, sie sei von mir schwanger. Ich bot ihr Geld, viel Geld, also eine Summe inklusive Schmerzensgeld, für eine Abtreibung an, sie lehnte es ab.

Was das alles für mich, für unsere Familie hätte bedeuten können, muss ich dir nicht erzählen. Du kennst deine Mutter, du hast deine Großeltern in ihren Ansichten über Geld, Ehre und Moral oft genug erlebt, auch mit ihren Repressionen, wenn etwas nicht so lief, wie sie sich das vorstellten. Deine

Mutter hat viel Geld mit in die Ehe gebracht, das haben sie oft genug beim Mittagessen betont.

Kurz und knapp, ich habe Marias Mutter getroffen und mit ihr, nachdem ich erfolglos versucht hatte, sie doch noch von einer Abtreibung zu überzeugen, einen Vertrag geschlossen, den ich mit Jürgen, du weißt schon, Jürgen, mein Schulfreund, der Notar, so austüftelte, dass die Sache damit ein für alle Mal erledigt wäre, keine Rechte und Ansprüche, vor allem absolutes Stillschweigen über die Herkunft des Kindes. Sie hat natürlich ein entsprechendes Honorar erhalten. Und sie hat sich, das muss ich mit Respekt konstatieren, an die Vereinbarungen gehalten. Alles war gut und vergessen. Bis zu dem Wochenende, an dem du Maria ins Haus geschleppt hast.«

Mein Vater leerte sein Weinglas in einem Zug und streckte es mir auffordernd entgegen. Ich schenkte Wein nach. Sagen konnte ich nichts.

Er sprach weiter.

»Maria hatte vom ersten Moment an auf mich eine verheerende Wirkung. Ich reagierte auf sie, ohne zu wissen, woher diese starke emotionale Reaktion rührte; sie zog mich an, was mich bestürzte, weil ich, aus eigener leidvoller Erfahrung mit meinem Vater, mir geschworen hatte, nie einen begehrlichen Blick auf die Freundinnen meines Sohnes zu werfen; aber ich konnte mich nicht gegen ihre erotische Ausstrahlung wehren. Gleichzeitig stieß sie mich durch diesen Reiz, diese Überreizung muss ich sagen, zutiefst ab, sie traf etwas, das ich nicht benennen konnte und das ein Gefühlschaos auslöste, wie ich es nie zuvor erlebt hatte.

Doch selbst in einer solchen Situation, in der man glaubt, im Morast zu versinken, muss man einen lichten Moment finden, der einen klaren Gedanken ermöglicht. Irgendwann gab es diesen Moment, und ich wusste, was ich, während ich jede ihrer Bemerkungen und Bewegungen genauestens wahrnahm, schon ahnte, dass ich diese Maria kannte, auch wenn ich sie nie zuvor gesehen hatte. Das Bild ihrer Mutter nahm langsam Konturen an, wie eine Fotografie im Entwicklerbad. Mir war plötzlich klar, welcher Vogel da ins Haus geflattert war. Die Hoffnung, die ich trotz dieses klaren Wissens hegte, nämlich dass es sich möglicherweise um ein Trugbild handelte oder, selbst das nahm ich in Kauf, um eine Wahnvorstellung von mir, hatte, als ich Erkundigungen über Maria einzog, keinen Bestand, die Fakten waren eindeutig. Und ich überprüfte diese bereits überprüften Fakten, weil immer noch Hoffnungsfünkchen glühten, dass der Spuk sich auflösen würde; doch alles zusammen, auch deine Informationen und Schilderungen, schlossen jeglichen Zweifel an Marias Identität aus. Das ist die Lage.

Ich habe dir gesagt, was zu tun ist. Und ich möchte dir noch einmal ganz deutlich vor Augen führen, was passiert, wenn du dich nicht an die Abmachung hältst, über unser Vier-Augen-Gespräch zu schweigen. Du weißt, dass deine Mutter herzkrank ist. Schon eine Andeutung würde ihre eifersüchtige Fantasie beschäftigen und sie in eine solche Aufregung versetzen, dass ihr Leben in jedem Fall verkürzt, wenn nicht durch einen Infarkt auf der Stelle beendet werden würde. Sie ist ausgesprochen fragil, auch wenn sie nach außen den Eindruck erweckt, sie könne das Leben stemmen. Es ist meine Pflicht als Ehemann, sie zu schützen. Und es ist deine als Sohn.

Du wirst die Beziehung zu Maria beenden, auf welche Weise auch immer. Du wirst, nachdem du jetzt Bescheid weißt, verstehen, dass diese Maßnahme unabdingbar ist. Nicht nur, um deine Mutter vor einem Desaster oder möglicherweise vor dem Tod zu bewahren, sondern auch, weil es nicht in deinem Interesse liegen kann, eine inzestuöse Beziehung aufrechtzuerhalten.«

Mein Vater leerte das Glas in kleinen Schlucken, er kaute den Wein. Ich schaute auf seine Kiefer. Diese Muskelbewegungen kannte ich. So zerkleinerte, zermahlte er Probleme, um sie dann, in einer Art Hinunterwürgen, aus der Welt zu schaffen.

Er lächelte. Dieses überlegene, arrogante Lächeln hatte mich früher, als Jugendlicher, vernichtet. Ich war ihm in einer ohnmächtigen Wut ausgeliefert. Und ich merkte es in diesem Moment, dass ich wieder der hilflose Junge war, der gelähmt auf das Ungeheuer starrte. Alles in mir wollte zu einem Schlag ausholen, zu einem einzigen Schlag, der das Lächeln auslöschte und ihn für immer verstummen ließ.

Mein Vater hielt mir das Glas entgegen. Ich goss Wein nach. »Maria ist ein nettes Mädchen«, sagte er. »Ich bin sogar stolz auf sie. Schließlich bin ich der Vater. Sie hat Charakter, und unter anderen Bedingungen hätte etwas aus ihr werden können. Aber das Schicksal wollte es anders. Man kann nur hoffen, dass sie einen soliden Mann findet. Kellnerinnen haben keinen leichten Stand. Ich glaube, ihre Mutter war damals Schneiderin. Eine attraktive Frau. Für eine Nacht. Und, wenn ich dir mal etwas von Mann zu Mann sagen darf, gut im Bett. Man braucht solche Affären. Nur dumm, wenn die Frauen nicht aufpassen. Aber das ist ihre Sache. Also. Du weißt, was du zu tun hast. Man muss sich für eine solide Basis entscheiden. Punkt.«

Damit war die Rede meines Vaters beendet. Wie auf Stichwort drehten wir unsere Köpfe in Richtung Tür, weil wir in der Halle ein Geräusch gehört hatten, ein Schlüsseldrehen, ein Klappen, dann wieder Stille. Es konnte kein besseres, von einem Regisseur inszeniertes Timing geben für das Ende seiner Suada. Wir griffen zu unseren Weingläsern und warteten schweigend, den Blick auf den Durchgang gerichtet, bis meine Mutter eintrat. Sie setzte sich zu uns. Ich stand auf und bat sie um Verständnis, dass ich zu Bett gehen würde.

Ich hätte schon die ganze Zeit starke Kopfschmerzen ... und so weiter, irgendetwas in der Art murmelte ich vor mich hin, und bevor meine Mutter reagieren konnte, fiel mein Vater in dieses Gemurmel ein, ja, es sei gut für mich, zeitig ins Bett zu gehen, ich sähe blass und krank aus. Schlaf wäre jetzt sicher das Richtige für mich.
Ich wankte die Treppe hinauf.
Unten das Lachen meines Vaters.

Ich hatte die Nacht kaum ein Auge zugetan. Am Morgen um halb sechs stand ich auf und verließ das Haus.
Irgendwie bin ich nach Freiburg zurückgekehrt, aber ich meldete mich nicht bei Maria, rief sie nicht zurück, obwohl sie mir mehrere Male auf die Mailbox gesprochen hatte. Ich brauchte fast eine Woche, um mich zu sammeln, um das Gehörte zu verarbeiten, um eine Haltung dazu zu finden.
Mein Vater ließ mich in Ruhe, und offensichtlich hatte er auch meine Mutter, mit welchen Argumenten auch immer, instruiert, mich nicht anzurufen, denn eigentlich hätte sie, nachdem ich, ohne eine Nachricht zu hinterlassen, frühmorgens aus dem Haus geflohen war, nachfragen müssen, zumal mein Vater mich als Kranken dargestellt hatte. Er selbst, da war ich mir hundertprozentig sicher, wartete, wenn er überhaupt eine Reaktion von mir in sein Kalkül einbezogen hatte, lediglich auf eine Vollzugsmeldung.

Nach einer Woche rief ich Maria an und verabredete mich mit ihr für die Nacht, ich wollte nicht in der Kneipe herumsitzen, bis sie Dienstschluss hatte, ich wollte mit ihr alleine sein. Als ich auf dem Weg zum »Hasenstall« war, hatte ich eine Geschichte im Kopf von einer alten Liebe, die ich in Hannover zufällig getroffen und die mich beschäftigt und verwirrt hätte, ich müsste, so wollte ich meine Abwesenheit und mein Schweigen erklären, mir darüber klar werden, was mir diese Frau bedeutete, deshalb sollten wir jetzt eine kleine Pause einlegen und so weiter, aber das war eine Geschichte, die man in jeder Illustrierten lesen und in jeder Soap-Opera sehen konnte. Zu mehr Fantasie war ich nicht fähig.

Maria war, als wir uns trafen, sehr distanziert, was mich nicht überraschte, was ich aber kaum ertrug, weil ich in diesem Moment nichts mehr brauchte als ihre Nähe, ihre ganze körperliche Zuwendung, ich hätte mich am liebsten sofort in ihr verkrochen, stattdessen lief ich wie ein Verstoßener neben ihr her; sie hatte auf einem kurzen Nachtspaziergang bestanden, um sich auszulüften und die Arbeit abzuschütteln. Meine zurechtgelegte Alte-Liebe-Geschichte war wie weggeblasen, ich erzählte etwas von meiner kranken Mutter, dichtete ihr fast einen Herzinfarkt an und dramatisierte die Situation noch, indem ich meinen Vater als unfähigen, unsensiblen Ehemann beschimpfte, der die Lage mit seiner Holzköpfigkeit nur verschlimmere, sodass wenigstens ich, der Sohn, meiner Mutter hätte beistehen müssen. Maria nickte zustimmend, als ich meinen Vater erwähnte, dann blieb sie stehen, schaute mich kopfschüttelnd an und umarmte mich. Es gab nichts mehr zu reden und zu erzählen, wir waren wieder eins und eilten uns, in die Mansarde zu kommen. Und dann das Desaster.

Wir schliefen miteinander, und mittendrin, obwohl doch kein Raum für einen einzigen, auch nicht den winzigsten Gedanken war, dachte ich, beziehungsweise nicht ich, sondern mein Körper dachte oder wusste plötzlich, was ich nicht wissen wollte, dass Maria meine Schwester ist, egal ob halb oder ganz oder viertel oder dreiviertel, und mein Körper begann eine Talfahrt, die selbst bei größter Anstrengung nicht aufzuhalten war, ich glitt aus Maria, hinab in einen Abgrund, den ich ihr, vor allem nicht ihr, beschreiben konnte, und ich hielt mich in meiner Not an dem Grashalm fest, den sie mir hinhielt; ja, natürlich, es war die Sorge über meine kranke Mutter, der Ärger über meinen idiotischen, inkompetenten Vater, die anstrengende Woche.

»Ich liebe dich«, sagte ich zu Maria, »ich werde dich immer lieben.«

Die Sorge war der Entschuldigungsvorrat, aus dem ich schöpfen konnte, aber er war schnell aufgebraucht, dann begannen die Fragen, das Misstrauen, die zermürbenden Gespräche, was ist mit dir, gibt es eine andere Frau, willst du mich nicht mehr. Ich bat sie um Geduld, immer wieder, war fast schon dabei, meine Alte-Liebe-Geschichte zu erzählen, doch diese billigste aller Geschichten wollte ich ihr und mir nicht zumuten, und was würde sie bringen, eine kleine Lüge auf die große Lüge, nichts wäre gewonnen, nur mehr noch verloren.

Ich beschloss in dieser Nacht, auf dem Baumstumpf an der Dreisam sitzend, Freiburg und Maria zu verlassen. Nein, es war kein Entschluss, es war die letzte Fluchtmöglichkeit; es war der einzige Ausweg, so schien es mir, mich, Maria und meine Familie vor der sich ausweitenden Zersetzung zu retten.

Dann, fünf Jahre später, diese Begegnung in München. Dieser schöne verdammte Zufall.

Kurz darauf hatte ich einen Autounfall. Ich kam mit einer schweren Gehirnerschütterung ins Krankenhaus. Rettende Amnesie. Ich hätte nicht mit Maria ins Hotel gehen dürfen. Ich weiß es erst heute, dass ich mit ihr im Hotel war. Nach dem Unfall konnte ich mich an nichts erinnern.

Als ich vor Kurzem meiner Ärztin, die mich sorgenvoll anschaute, gegenübersaß und fragte, was die Diagnose bedeute, und sie mit einem kleinen verkrampften Lächeln sagte: »Erst einmal gar nichts, es ist auch keine Diagnose, es gibt nur gewisse Anzeichen, die noch spezielle Untersuchungen erfordern«, da fiel mir, wie aus heiterem oder eher düsterem Himmel, plötzlich, nach zehn Jahren, die ich doch glücklich im Licht gelebt hatte, Marias Nacht-Satz ein: Von Rot zu Grün stirbt alles Gelb. Er war doch, wie Maria selbst, ausgelöscht worden, das hatte ich damals nach den Stunden am Fluss und nachdem ich eine Woche mit einer fiebrigen, mich mit einer Art Ohnmacht niederstreckenden Grippe im Bett lag, so empfunden. Das alles gab es nicht mehr. Keine Maria, keine Nachtsätze, keine Gedichte. Ein anderes Leben.

Man kann etwas abkapseln, das Wort fiel in den ausschweifenden, mir nichts sagenden Erklärungen der Ärztin, Abkapseln, nicht Herausschneiden, sondern Abkapseln, das meint, im Körper isolieren und verstecken. Aber was, wenn die Kapsel einen Riss bekommt, wenn sie das, was sie verstecken, bewahren soll, nicht mehr halten kann, wenn sie aufreißt oder platzt, was passiert dann?
Frau Dr. Simon, was passiert dann?

Frau Dr. Simon beantwortete meine Frage nicht, entweder, weil sie die Antwort nicht wusste oder weil sie die Antwort dem Patienten nicht zumuten wollte oder weil sie diese Möglichkeit für ausgeschlossen hielt.

Ich aber hatte es gerade erlebt, wie ein abgekapselter Satz, eine abgekapselte Liebe aus dem Versteck brach. Was war es, was sich nun im Körper ausbreitete? Ein schleichendes, tödliches Gift?

Ich weiß, dass ich bald sterben werde. Die Ärzte (wenn es ernst wird, wenn es ans Sterben geht, muss man den Plural benutzen) haben es mehr oder weniger deutlich ausgesprochen. Sie benutzen nicht gerne Wörter wie Sterben oder Tod, jedenfalls nicht in Anwesenheit des Moribunden, sie strapazieren die Sprache mit Platituden, sie sagen, sie seien am Ende ihrer Kunst, sagen, es gebe Grenzen, sagen, der Kampf sei verloren, sagen, manchmal geschähen Wunder. Wie könnte das Wunder denn aussehen? Darauf sagen sie nichts und zucken mit den Schultern.

Sterben. Tot sein.

Jana hat mir vor Kurzem eine Postkarte von Maria gegeben. Im ersten Impuls wollte ich sie anrufen, aber dann hatte ich nicht die Kraft dazu, auch nicht den Mut, ich zitterte bei der Vorstellung, ihre Stimme zu hören, ich zitterte vor Angst und Scham, vor doppelter Angst und Scham, denn ich hätte ja auch zu ihr sagen müssen, Maria, ich sterbe. Es ist so, man schämt sich, dass man stirbt. Es ist eine Zumutung für die anderen.

Wenn ich Zeit hätte, würde ich einen langen Brief an Maria schreiben.

»Das Fenster tut sich auf wie eine Orange
Die schöne Frucht des Lichts«

Ich bin heute Vormittag Bus gefahren. Kreuz und quer. Von einem Bus in den anderen. Irgendwo in Schöneberg fuhr ein kleiner Transporter neben dem Bus her, und auf seiner Fahrertür stand mit einer schnörkeligen Schrift etwas, das ich nicht lesen konnte. Ich drückte mir die Nase platt, und nach einer Weile hatte ich es geschafft, den Schriftzug zu entziffern: *Maierszeitverleih.de.*

Zeitverleih? Ein Unternehmen, das Zeit verleiht?

Als Bus und Transporter an einer Ampel nebeneinander stehenblieben, sah ich, dass es *Maierszeltverleih.de* hieß.

Zu spät, Kuhl. Einfach zu spät. Keiner, der Zeit verleiht. Nur Zelte. Was wollen wir damit?

Ich habe mir, nachdem ich deine Aufzeichnungen gelesen habe, sofort die Adresse und die Telefonnummer deines Vaters herausgesucht. Deines und meines Vaters. Ich habe die Nummer gewählt und nach dem ersten Freizeichen wieder aufgelegt.

Warum hast du ihm nicht eins in die Fresse gehauen, Kuhl. Soll ich das jetzt tun?

Ich will mit diesem Arschloch nichts zu tun haben. Aber ich würde ihn gerne in die Knie zwingen. Er soll mir die Füße ablecken. Nachdem ich barfuß durch einen Haufen Scheiße gegangen bin.

Was hat meine Mutter mit dem Schweigegeld gemacht?

Ich war in Hannover, Kuhl. Es war nicht schwer, dich zu finden. Stadtfriedhof Stöcken, im pompösen Familiengrab der Kuhls. Gar nicht weit entfernt von dem Gedenkstein für die Haarmann-Opfer. »Warte, warte nur ein Weilchen, gleich kommt Haarmann auch zu dir, mit dem kleinen Hackebeilchen, macht er Schabefleisch aus dir.«

Es gibt eine Bank neben eurer Grabstätte. Dort habe ich mich hingesetzt und mit dir geredet. Du hast mir geantwortet. Aber was fang ich an mit deiner Antwort?

Manchmal, wenn ein Vogel über den Weg trippelte oder ein Eichhörnchen einen Baumstamm hochraste, habe ich mich schnell umgeschaut. Die Geräusche erschreckten mich. Und sie weckten eine Erwartung. Was, wenn dein Vater (ich mag nicht schreiben: unser Vater) plötzlich vor dem Grab stünde? Ich glaube, das ist der einzige Ort, an dem ich ihn treffen möchte.

Aber er kam nicht.

Und ich bin nach einem Spaziergang über den Friedhof und einem kleinen Bummel durch die Stadt wieder nach Berlin zurückgefahren.

Es braucht Zeit. Die Antwort auf eine Frage bringt nicht immer die Lösung.

Heute im Tierpark. Es stirbt alles Grün. Ein Herbsttag wie im Bilderbuch. Ich war, schlurfend Blätter und Staub aufwirbelnd, durch das Laub gegangen. Keine Herzblätter dabei. Ich hatte mich auf eine Bank gesetzt und mir die Sonne ins Gesicht scheinen lassen. Nichts anderes spürte ich, nur die Wärme auf der Haut. Ich hatte die Augen geschlossen, blinzelte manchmal, wenn sich Schritte von Spaziergängern näherten. Ich schaute nur auf ihre Füße, sah an den Schuhen, den Hosen, ob es sich um Frauen oder Männer, Alte oder Junge handelte. Kinder verraten sich durch ihre Stimmen, sie können nicht schweigend spazieren gehen.

Dann vier Räder und ein paar derbe Lederschuhe mit dunkelbraunen Cordhosen, die nicht weitergingen, die vor mir haltmachten. Ein Schatten legte sich über mein Gesicht, und ich öffnete die Augen. Ein großer alter Mann mit Kinderwagen stand vor mir. Er glotzte mich an. Ich schaute in ein mürrisches, ungepflegtes Altmännergesicht, fahle Haut, Bartstoppeln, filzige

Haare, graue, fast in die Augen wuchernde Brauen. In seinem Blick lag etwas Irres. Er löste sich abrupt aus seiner Starre und schob, als hätte er es plötzlich sehr eilig, mit dem Kinderwagen weiter. Vater, Großvater, Verrückter? War wirklich ein Kind in dem Kinderwagen?

Ich erhob mich von der Bank und folgte dem Mann. Ich ging zügig, um ihn einzuholen und einen Blick in den Kinderwagen werfen zu können. Sein Schritt wurde schneller. Vielleicht merkte er, dass ich hinter ihm herlief. Oder wollte er es? Wollte er, dass ich ihm folgte? Wohin? Es ist absurd, was ich hier treibe, dachte ich, was renne ich diesem Irren hinterher. Irgendwann machte der lange gerade Weg eine Kurve. Der Mann verschwand aus meinem Blickfeld. Als ich die Kurve erreicht hatte, war er weg. Wie vom Erdboden verschluckt. Die Bäume rechts und links des Weges waren zu dünnstämmig, um sich dahinter zu verstecken. Zumal mit einem Kinderwagen. Ich konnte es mir nicht erklären. Blieb nur eine Art Höhle. Aber gab es Höhlen im Tierpark, die einen großen Mann und einen großen Kinderwagen verbergen konnten? Das Rätsel war nicht zu lösen. Ich kehrte um.

Am Abend beschäftigte mich der Mann noch immer. Ich konnte ihn mir nicht anders als einen Verrückten vorstellen. Aber auch ein Verrückter kann nicht einfach verschwinden. Was war in dem Kinderwagen? Auf keinen Fall ein Kind. Oder etwa ein gestohlenes? Vielleicht war der Kinderwagen sein (Über-) Lebenskoffer und enthielt alles, was er brauchte. Vielleicht war der Kinderwagen voller Geld.

Schluss.
   Ich werde morgen den Mann, der mein Vater ist, anrufen. Oder ihm einen Brief schreiben. Oder –

Bibliografische Information der Deutschen Nationalbibliothek
Die Deutsche Nationalbibliothek verzeichnet diese Publikation in der Deutschen Nationalbibliografie; detaillierte bibliografische Informationen sind im Internet über
http://dnb.d-nb.de abrufbar.

Deutsche Erstausgabe

Copyright © 2014 CH. SCHROER GmbH, Bergisch Gladbach

Umschlaggestaltung/Satz:
Christopher Schroer, Bergisch Gladbach

Umschlaggestaltung unter Verwendung eines Fotos
von Justin Lambert/Getty Images

Autorenporträt von Isolde Ohlbaum

Lektorat: Jutta Rech-Garlichs, Köln

Druck und Bindung: CPi, Leck

ISBN 978-3-95445-036-7

www.chsbooks.de